Do You Remember?

こころに残ること

思い出のアイルランド

アリス・テイラー

高橋歩 訳

序章　記憶は漂う

私たちの記憶の片隅には、遠い昔に忘れ去った園があり、そこには、咲き終わった花が色あせたまま残っています。その記憶の花々は、心の隅々にまでしっかりと根を張っていて、長い間ひっそりと息をひそめているのです。あるとき、あなたはラジオから流れてくる曲を耳にします。あるいは、自分にとって特別な曲が、どこからか偶然聞こえてきます。何気なく本をめくっていて、むかし学校で習った詩の一節をふと見つけたり、公園を歩いていて、どこかで嗅いだことのあるにおいに、ふわりと鼻孔をくすぐられたりすることもあります。探し物をして引き出しの中をかき回しているとき、ずいぶん前に古い箱型カメラで撮った写真が、手元からはらはらりと一枚抜け落ちることもあります。

その瞬間、あなたはまったく別の場所に移動してしまいます。目を覚ました記憶が、蝶のようにひらひらと舞い始め、色あせた花のひとつに留まります。すると、しおれていた記憶の花が少しずつ生気を取り戻し始めるのです。頭の中を記憶の断片がふわふわただよい、ゆっくりと形ができあがっていきます。セピア色の光景が現れ、忘れてしまっていた場所へあなたを誘います。ぼんやりとした光景が見え始めて、それでもまだ自信の持てないあなたは、友人にためらいがちに尋ねます。「ねえ、あれ、覚えてる?」あるいはまた、同じ体験をしていない相手には、こう言うでしょう。「待って。もうちょっとで思い出しそうなの……」

記憶の旅路を一緒にさかのぼってくれる仲間がいると最高です。共に経験したことを思い出そうとする場合、その人は格好の道連れとなりますが、同じ体験をしていなくて、あなたが当時を思い起こすのを初めて聞く人でもいいのです。あなたは、旅の仲間と連れ立って記憶をたどります。ふたりで、ジグソーパズルの足りない部分をなんとか埋めようとし、忘れていたことを思い出そうとするのです。そうしてついに全体像が見えてきたときの満足感は、本当に格別です。同じ体験をしていることは、記憶の旅路をたどる喜びの、ほんの一部にすぎません。過ぎ去った昔を知らない仲間には、当時をよく知る人が案内人として導き、同じ体験をしたような気持ちにさせることが、またとない良い機会となります。

そんな思いでこの本を執筆しました。本書の目的は、ある昔の人々の、ある暮らしの風景を追体験する旅に、みなさんをご案内することです。私は、生まれ故郷の様子や祖母が大切にしていた食器棚について語ります。また、客間で午後のお茶をいただいたことや、めんどりの世話をしたり、学校で詩を習ったりしたことについてお話ししましょう。壺の内側にこびりついたクリームのように、私たちの心の内面には、幼いころの記憶がしっかりと残っています。失われてしまってはいないのです。
私の追想を楽しんでいただけたら幸いです。そして、みなさんも、ご自身の記憶をさかのぼる旅に出てみてはいかがでしょう。

腰かけて思いを馳せましょう
心がほころぶ小さなことに
数々の楽しかったことに
遠い昔の幼いころ
優しかった人たちのことに
思い出の中で今も輝く人たちのことに
素晴らしい人に出会った
遠い昔の幼いころ
さあ私と一緒に腰をおろし
あの頃をなつかしく思い出しましょう

こころに残ること　目次

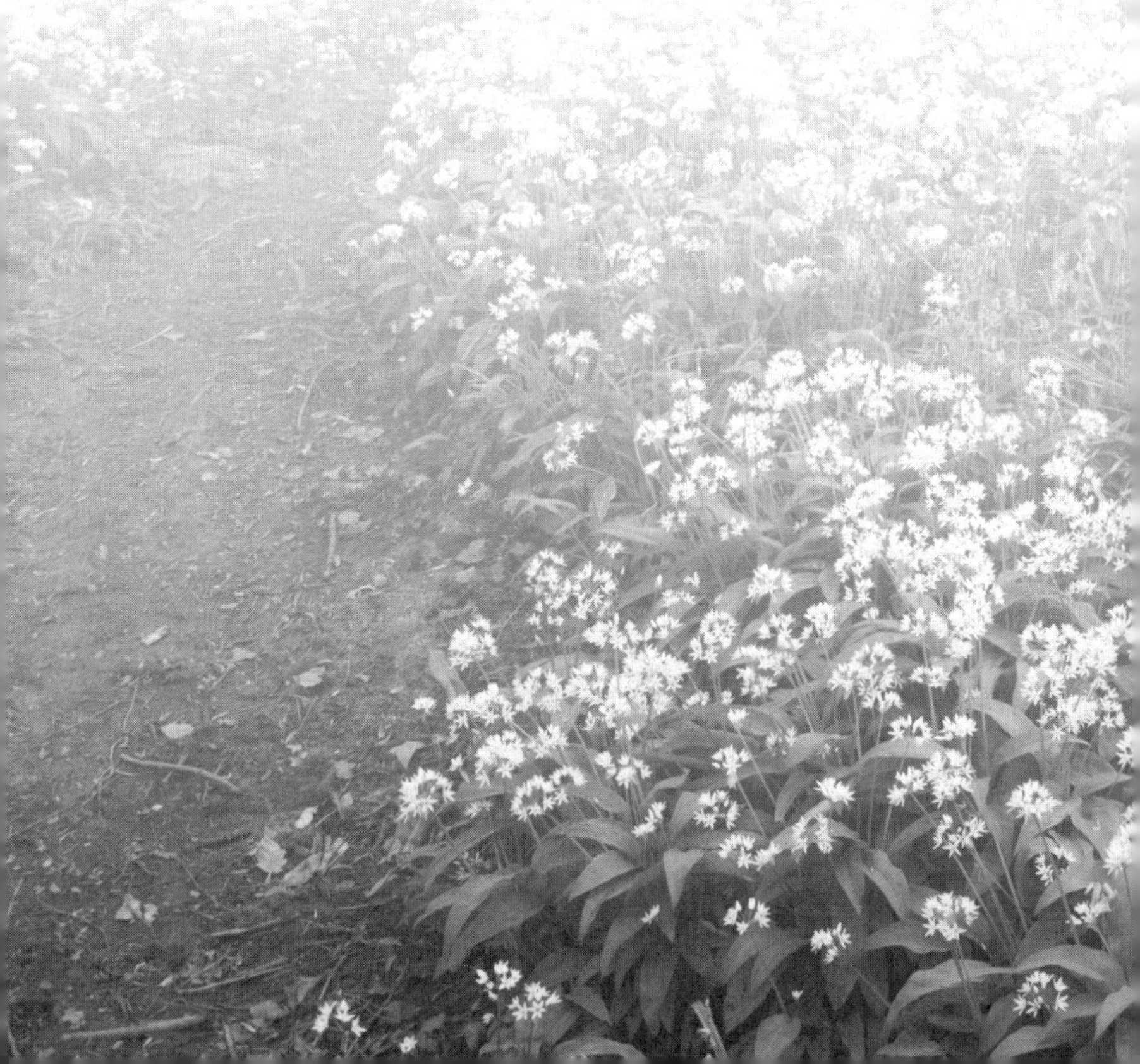

こころに残ること
思い出のアイルランド

Original Title: DO YOU REMEMBER?
First published by The O'Brien Press Ltd., Dublin, Ireland, 2014
Published in agreement with The O'Brien Press Ltd.
through Tuttle-Mori Agency, Inc., Tokyo

第一章　ふるさと

ある家をわが家と思えるようになるには、長い間暮らす必要があります。暮らすとは、先祖と子孫との橋渡しをし、親類縁者と協力して助け合いながらゆるぎない核を作るということです。一本の木のようにしっかりと根を張り、外へ伸ばした枝の隅々まで支えて安定させる、家族とはそういうものなのです。家族とは、メンバーを守る防風林のようなもので、その林は、遠い親戚をも人生の嵐から守ろうとするものです。

思春期に入り大人になりかけると、親の生活スタイルを軽んじて、その生き方を否定的にとらえるようになる人がいます。反抗的になり、親のすることをすべて受け付けなくなってしまう人もいますが、成長して分別のある年齢になると、古いやり方が優れていると気づき、昔の人々から学ぶことがあるとわかるのです。古臭いと思っていた物事でも、人生を歩んでいくうちに、なぜかその価値を認めることができるようになります。この点について、シェイマス・ヒーニー*がうまく言い表しています。「故郷のデリー県で子どものころ経験したことは、時代遅れで『現代の生活』には役に立たないと思い込んでいた。でも、実はその経験が、何よりも信頼できると気づいた」

先祖の八世代が暮らしてきた家で育った私は、うちの家族が先祖の影響を強く受けているということに、幼い頃から気づいていました。私が子どもの頃、わが家と先祖を同じくする親戚たちが、世界中のあちこちからうちへ戻ってくることがありました。先祖が生まれ育った大地を踏みしめるためにやって来るのです。故郷の家が小さな田舎家であろうが、大邸宅であろうが、それは問題ではありません。生まれた家というのは、一様に人々を引き寄せる力があるのでしょう。

他国への移住は、アイルランド人にとって常に人生の選択肢のひとつであり、私が育ったコークとケリーの県境の山間部は、特にその傾向が強い地域でした。大地を耕して生活するのが、決して楽ではなかったからです。その解決策が、移住でした。この地方の若い男たちは、オレゴン州やサンフランシスコ、あるいはオーストラリアへたくさん出ていき、娘たちは他のどの都市よりも、ボストン、ニューヨーク、それにシカゴへ移住していきました。二度と戻ってこない人もいましたが、何世代かを経て、その子孫がルーツをたどってアイルランドに戻ってくることがありました。両親や祖父母の、故郷に対する思い入れを感じながら成長するので、かの地を知りたいという欲求が生まれるのでしょう。そういうわけなので、故郷の人々が彼らと一緒に腰を下ろして、たっぷりと時間をかけ、先代の人々について話して聞かせることが大切でした。両親や祖父母が若いころ遊んだり仕事をしたりした土地を歩きたくて、長年の願いを実現させて、遠路はるばるやって来る子孫もいました。そういった人たちの親や祖父母の中には、祖国にいる親戚の生活を助けるため、苦労して稼いだお金を仕送りしていた人もいました。その子孫が、おそらく子どものころから聞かされていた祖国の話を、聞かせて欲しいと求めるのです。

人には、心の奥深い部分で命の源とつながっていたいという強い欲求があるということを、幼い頃に知って驚きました——毎年、鮭や雁が、はるか離れた場所から、親や自分が生まれた場所に本能的に戻ってくるのと、そう違いはありません。私たち人間の理解を越えた自然の摂理が働いているのです。

だから昔は、親戚がわが家を訪ねてやって来ると、農場のあらゆる仕事を中断していました。私はそのことに心を動かされたのです。牧草の刈り入れにうってつけのよく晴れたお天気でも仕事をしませんでした。普通なら、父の生活では、牧草の刈り入れは何事にも優先する——本当に、最優先事項——だったのです。だって牧草は、私たちの生活の糧といえるものでしたから！　それなのに、家系というものを大事にする母に言い聞かされ、父は牧草より、故郷を訪ねてくる親戚を優先していました。父のこの行動が、何よりも多くを語っていました。当時、うちではある老人が仕事を手伝っていて、その人が、ことあるごとに母に言うのでした。「子どもってのは、親をよぉく見ているもんだ」のちに、学校に入ると、シス

ターが私たち生徒に言い聞かせていたことは「口に出して言うより行動で示した方がずっと大きな効果があります」ということで――その通りだと思うのです。両親の行動を見て、私の中に、家族や親戚を大切にしようという気持ちができあがっていきました。深く心を打たれたからです。

わが家では、親戚はまず客間に案内され、お茶でもてなされます。あらかじめ連絡せずにやって来る人もいて、そんなときは、私たち子どものひとりが、三マイルも離れた町へひとっ走りさせられることもありました。もてなしに必要だと母が判断した、ちょっとしたものを買いに行かされるのです。でも、買ってきたものが手を付けられず残っていることがありました。何より喜ばれたのは、母が焼いた黒パンだったからです。タイミングよく母のお手製のリンゴのケーキが焼いてあると、みんな喜んで味わいました――「そんなに急いで食べなくても」と言いながら、誰よりもいちばん嬉しそうなのは母でした。わが家では、上等なものは、鍵をかけてしまってありました。親戚のために、客間のテーブルには母の大切なテーブルクロスを取り出して使いました。当時のテーブルクロスはリネン百パーセントかダマスク織りで、使った後は必ず手で洗い、糊づけをしてアイロンをかけていました。客間の大きなテーブルの上にクロスが広げられると、「特別な日」だとわかります。それから、母のいちばん上等な陶磁器の食器と、柄の部分が骨でできたナイフとフォーク、それに貴重な「角砂糖」がテーブルに並びます。こういうものはすべて、暖炉脇の戸棚の奥にしっかりとしまってありました。迎える準備にこれほどこだわるということは、故郷に戻ってくる親戚が、礼儀正しく迎えられるべき特別な存在だということを示していました。そして、親戚の訪問により、私たちが、何世代もの長いあいだ先祖の土地を守り続けている管理人にすぎないということに気づかされるのです。

多くの人がそうであるように、わが家というシェルターから巣立った後、私はふるさとに対する深い愛着を持ち続けていました。そして、後の人生でつらいことがあるたびに、実家へ帰って牧場を歩いたり、姉や親戚や古くからの隣人に会って話を聞いてもらったりすると、気持ちが落ち着くのでした。そうするうちに、故郷の人たちに大きな影響を受けていることをありがたく思うようになりました。故郷の人というのは、両親だけでなく、祖母、おばやおじ、それに隣人も入ります。昔は、近所全体で子どもを育てたようなものだったのです。

父の葬儀から数日が過ぎたある日、私は、自分の役割がようやく理解できたように思いました。その日、兄とふたりで、父が長年汗を流して働いた牧場を通り、釣りを楽しんだ川まで歩いていきました。父の魂が、私たちと一緒に歩みを進めていました。兄と私は立ち止まり、父が愛情を込めて管理していた川が音もなく流れているのを見つめました。川の水を家畜が汚していないか、川の魚や鳥の命を脅かすものがないか、父は定期的に見回っていたのです。自然の扱い方を間違うとひどい報いを受ける、父はそう信じていました。あの葬儀の日、流れる川を見つめていると、心が癒されました。人の命はこれほどはかないというのに、先祖が受け継いできたこの土地は変わることなく存在し、そこを流れる川もずっと流れ続けてきたということを、しみじみ感じていたのです。私たちは代々の親族から、土地だけでなく、人生という贈り物に感謝する気持ちも継承したのです。

この章を書き終えた日、私は偶然にも一通の手紙を受け取りました。手紙には、ずっと私の頭の中にあったことそのものが書かれていました。だから私は、手紙をしばらく手元に置いておきました。それは、次のような内容です。

親愛なるアリス

あなたの『The Gift of a Garden』*を読んでどれほど楽しかったかお知らせしたくて、この手紙を書いています。あの本に描かれている庭は、私に大きな喜びを与えてくれました。ジャッキーおじさんが大事にしていた庭を受け継いで大切に手入れをしつづけているなんて、本当に素晴らしいですね。受け継いだものが、あの庭ではなく別の場所だったら、あなたもそんな気持ちにならなかったことでしょう。亡くなった人とのつながりを感じるのは素敵だし、この庭は自分のものだという気持ちは、いえ、自分のものという言い方は正しくないかもしれませんね――人は、自分が託されたものを大切にしているだけですから。ジャッキーおじさんの一部が、庭という形で今も残っているように、人が亡くなっても一部はこの世に残るのだと思います。

私はダブリンで生まれ育ちました。母の両親はカーロー県出身ですが、そこからダブリンに引っ越したのです。母のおじいさん夫婦も、ひいおじいさん夫婦も、カーロー県の同じ家にずっと住んでいました。石屋だった、私のひいひいおじいさんが、その家と周りの石塀を建てたと聞いています。幼いころ、毎年母と一緒にその家に行って休暇を過ごしていました。そこでは、なんでも自由にでき——それに、みんなとても親切なのです。その親戚の人々に、私は強い影響を受けました。自分は親戚と一体だという感覚が、血の中に入り込んだのだと、みんなに言われました。そうしてその感覚が私の魂の一部になったのでしょう。

幸運にも、私はその土地の一部を買って自分のものにするチャンスに恵まれました。そして、私のおじいさんとひいおじいさんが生まれた石造りの田舎家跡を手に入れたのです。土地には、住んでいた人たちが染みついているように思えます。土地はその土壌の中に私たち自身をも取り込み、先祖の人々と会わせてくれます。私が買った田舎家には、石塀の残骸が四つ、それに煙突の跡しか残っていませんが、素晴らしい幸運に恵まれたと喜んでいます。先祖が歩いた大地の上を歩く……こんな話をすることをお許しくださいね。でもあなたなら、先祖と思いを共有できることの素晴らしさをわかってくれると思うのです。

小川

アルフレッド・テニスン

……ぺちゃくちゃちょろちょろ私は進み
あふれる流れに合わさった
人は生まれ死にゆくけれど
私の流れは止まらない

曲がりくねって、見えつ隠れつ私は進む
花いかだとこちらで遊び
あちこちでニジマスと戯れ
ヒメマスとそちこち泳ぐ

いたるところで泡と出会い
塊を乗せて私はゆく
水面を銀色に割り
金色の小石の上を進む

皆を引き連れ私は流れる
あふれる流れに合わさって
人は生まれ死にゆくけれど
私の流れは止まらない……

訳注
シェイマス・ヒーニー――一九三九年～二〇一三年。北アイルランド出身の詩人。一九九五年にノーベル文学賞を受賞。代表作は『ナチュラリストの死』。
『The Gift of a Garden』――二〇一三年に出版されたアリス・テイラーの著作（邦訳なし）。夫の養父ジャッキーが亡くなり、彼の庭を受け継いだ著者が、故人を偲びながら大切に手入れしていく様子が描かれている。

第二章　母の台所

台所は、わが家の生活の中心でした。調理場であり、パン焼き場であり、洗濯場や食堂としても使われ、晩には社交場になりました。その上、勉強部屋や祈りを捧げる場所でもありました。それに加えて、母が前の土曜日に、町のデニーベンの布地屋で生地を一反買っていれば、裁縫部屋にもなりました。この生地は、母いわく、娘たちの「普段着にも正装にも使える」ワンピースを作るためのもので――こんな言い方をするくらいですから、私たちがファッションに無頓着だったのがわかるというものです！　わが家のミシンは、教区内のうちの地区で一台きりのミシンでした。だから、近所の婦人たちは裁縫をするためにうちの台所にやって来ていました。巡回ミサ*の担当がまわってくると、台所は一時的に聖堂にもなり、大切な鶏の卵を孵すため、孵化場としても使われました。夏のあいだ台所の戸が開け放たれていると、文字通り地鶏として飼っていた鶏たちは、敷居をまたぐ権利があると考えて、勝手に入ってきては食卓から落ちたパンくずをついばんでいました。母豚の出産に配慮が必要なときには、台所は分娩室にもなりました。突然やって来た訪問客を泊めるため、長椅子を運び入れて一時的な宿泊場所としても使ったのです。そんな風に、うちの農場では人間の生活も家畜の暮らしも、台所を中心に回っていました。

多少の違いはあれ、どこの農家の台所も、たいていはそんな具合でした。台所は家中でいちばん大きな部屋で、片側の壁いっぱいに伸びた調理用暖炉には火が入っていて、常に暖かいのはここだけでした。暖炉の反対側の壁は、食器が並んだ大きな棚が占めていました。昔は——私が生まれる前の話ですが——台所の床はむき出しの地面のままか、砂利が敷き詰められていました。でもそれでは清潔に保つことが難しいため、後に、コンクリートで固めたり、タイルを敷き詰めたりするようになりました。床はそれでようやく、家族や家畜のあらゆる攻撃に耐えられるようになったのです。台所の木ずりの天井は煙ですすけていて、ときどきごしごし磨いてペンキを塗り直し、ニスをかける必要がありました。この作業をするには、まるでミケランジェロのように体を逆さにしたものです！　あの頃のペンキは、天井に塗るとくすんで暗い感じになりました。だからニスをかけてつやを出したのです。台所の壁の下半分は板張りで、わが家ではこの部分を「パーティション（仕切り）」と呼んでいました。でも実際は羽目板でした。そこは木材用の着色剤で色を付けてニスをかけるか、そうでなければペンキを塗ってニスをかけました。羽目板の色は、たいていクリーム色か薄緑色で、その家の主婦の好みを反映していました。ペンキはハリントン社製で、後にはウノ印のものも出回るようになりました。壁の羽目板より上の部分には、水性塗料が塗ってありました。ホールブランドの粉状の水性塗料を買ってきて、水を加えてクリーム状になるまで混ぜて塗りやすくします。色のバリエーションは多くはありませんが、それでもかなり鮮やかな色もありました。あの当時人気があったのは黄土色で、私の祖母は、かやぶき屋根の自宅の外壁にもこの色を使っていました。

台所の壁をくり抜いた中に調理用暖炉が造りこまれてあり、中はたびたび漆喰が塗り直されました。土曜になると、暖炉の前に据え付けた真っ黒な自在かぎをスライドしてはずし、大きなバケツいっぱいの漆喰と専用の柄の長いはけを使って「内側の漆喰塗り」が始まります。漆喰は粉状の石灰に水を足して練ったもので、暖炉の火で手にやけどをしないように、柄の長いはけで塗りました。暖炉は、火をずっと焚き続けているため、その両側の壁にくっきりと煙の跡が付いていて、その上に漆喰を塗りました。煙は、くり抜いた部分の奥の場所でしばらく漂ってから、煙突の中へと消えていきます。だから、奥についた煙の跡を消すのは無駄な抵抗と考え、そこは漆喰を塗らずにそのままにしてありました。

台所の片側には大きな食卓が陣取っています。そして、もう一方の側には、少し小さめのテーブルが置いてありました。小さめのテーブルの上には、ほうろうのバケツがふたつ置いてあり、近くの井戸から汲んできた水が入れてありました。いつでも水を飲んだりお茶を入れたりできるようにしてあったのです。水のバケツの隣には、ほうろうのバケツがもうひとつ置いてあって、中には牛乳が入っていました。朝早く牛乳をクリーム加工所へ運ぶ前に、タンクか牛乳缶から分けて、そこに入れておくのです。このテーブルには、足つき鍋で焼いたばかりのほかほかのブラウンケーキを置いておくこともありました。少し前まで小麦粉袋として活躍していた布で包んで、あら熱を取るのです。かつては粉ひき場でひいた小麦を入れていたこの布は、私たちにとって、なくてはならない大事なものでした。綿かサラサでできた丈夫な作りで、小麦粉を出した後、何度も洗って目に詰まった粉を洗い流しました。それから庭の生垣の上に並べ、太陽の光にさらすのです。そうしてようやく、袋は次の仕事につく準備ができます。「バギーン」と呼んでいたこの袋は、最高の素材で作られていたので、本来の役目を果たした後、様々な用途に使われていたのです。エプロンや枕カバー、シーツ、その他いろいろなものに変身し、何度も生まれ変わっては、長い間使われました。今で言うリサイクルです。

小さなテーブルは、晩には学習用机にもなりました。私たち子どもがそこで宿題をしたのです。まず母が、真っ白なテーブルの上に新聞紙を広げ、子どもたちがインクをこぼしたり、計算やらいたずら書きをしたりしてもいいように準備します。防水性のテーブルクロスが掛けてある大きな食卓とは違い、小さなテーブルは表面がむき出しになっていたので、毎週ごしごし拭いて汚れを落としていました。台所のあちこちに置いてあった、座を縄編みにした木製の椅子も一緒にきれいにしました。冬は台所で、バケツに入れたお湯を使い、たわしに石炭酸石鹸をこすりつけるか、赤レンガの小さな塊でごしごし洗います。この塊は、耐火レンガ*を作った残りをかちかちに固めたものでした。夏になると、農場のいちばん下にある水口まで椅子を運んでいってそこで洗いました。この椅子は、ときどき座面の藁を編み換える必要がありました。編み換えには高度な技術がいるので、一家の大黒柱にその力量がなければ、地元の藁ぶき職人が助っ人としてやって来ます。小麦を脱穀するときに分けておいた藁をねじり合わせてロープを作り、坐り心地のいいように編み合わせて、椅子の座面を作りました。もっとも、人数制限を越えて腰かけていたのは「フォーム」（私たちは「フォーラム」と呼んでいましたが）と呼ばれていた木製の長い腰かけでした。この長椅子には、四人から、場合によっては六人も坐ることができました。食卓と壁の間に置いてあり、子どもたちが坐ることになっていて——壁に背をもたせかけることができるので、小競り合いが起こっても、硬い床に頭から落ちることはありませんでした。

小麦の脱穀の時期になると、ふたつの食卓は、脱穀した小麦を運び入れる手助けをしてくれた隣人の作業チームが坐る席にもなりました。作業をした晩、わが家の台所はダンスホールに変わります。みんなでその年の脱穀を祝って踊るのです。隣人たちが一列に並んで『エニスは包囲された』、『干し草作りのダンス』、『ロバに蹄鉄をつけよ』を踊り、底に鋲のついた靴からパチパチッと火花が散りました。地元のミュージシャンがバイオリンやアコーディオンで演奏し、そのリズムに合わせて、みんなジグやリールやセットダンスを踊りました。

教区内にある農家では、持ち回りで巡回ミサを行いました。自宅に順番が回って来ると、家中の大掃除をしなくてはなりません。台所を聖堂として使うからです。わが家では、大きな食卓を持ち上げてから、その下の両端に木製の椅子をふたつずつ置き、その上に食卓を乗せました。教会の祭壇と同じくらいの、ミサを執り行うのにちょうどよい高さにするためです。それから、いちばん上等なリネンの白いテーブルクロスを、ひだを寄せて食卓に掛け、片側の端に真鍮のろうそく立てを置きます。食卓の反対側の端か、または、白い布を掛けた小さなサイドテーブルの上に、カップとソーサー、スプーン、塩入れ、それにシュロの枝を乗せます。司祭が手をぬぐうための、小さな白いリネンの布も置きました。そして、ミサを行った日の晩には、台所はコンサートホールになりました。その家の家族と隣人たちの、即興で音楽会を演出する能力が試されたのです。

家畜の豚を殺すとき、台所は一時的に精肉店になりました。両方の食卓を使って肉を切り分け塩を塗り、より涼しい奥の食器洗い場で、樽いっぱいの塩水の中に沈めます。でも樽に沈める前に、まず、ベーコンを作るのにじゅうぶんな塩が入っているかどうか調べるため、卵をひとつ落とします。卵が浮かんでくれば、肉を入れてもいいということですが、もし沈んだら、もっと塩を入れなくてはなりません。ベーコンは脂身がたっぷりで塩辛いため、現在なら、栄養士が顔をしかめることでしょう。けれども重労働が当たり前だったその頃は、ベーコンの悪影響を労働が帳消しにしていたのかもしれません。それから、台所は燻製場に変わります。いくつものベーコンの塊を、天上から下がった肉釣りかぎにぶらさげて、暖炉の火の熱で熟成させるのです。一方で、ハムは煙突の中に入れて煙でいぶしておき、クリスマス用にしました。

どの家庭でも大切にしていた掛け時計は、台所にありました。時計は、生活のあらゆる場面へ私たちを導いてくれました。それに、時間を知らせてくれるだけでなく、美しい調度品でもあったのです。オークかマホガニーでできていて、本体の下の方にある小さなガラス戸の奥では、真鍮の振り子がゆらゆら揺れていました。うちのものは八日巻きの時計で、毎時間、ときを告げる音を家中に響かせました。週に一度ねじを巻くきまりで、毎週土曜の夜に巻いていました。掛け時計の多くはアメリカ製で、父によると、うちのものは一九一五年ころ父の母親が、自宅近くの店で五ポンドで買ったということです。

台所の調度品でもうひとつ大切にしていたものはラジオです。ラジオは、私たちの住む狭い社会の外の世界がどう動いているのか、教えてくれました。夏の土曜には、マイケル・オヘアの声がクローク・パーク*の興奮を、うちの台所に伝えてくれました。父はイギリス国営放送（BBC）を好んで聞き、母はアイルランド国営放送が好きでした。その母も、毎日午後にはBBC番組の『婦人の時間』と『デイル夫人の日記』にダイヤルを合わせます。私たち子どもは、午後三時に学校を終え、牧場を通って帰って来るのに三十分はかかりました。帰り道には誘惑もたくさんあったので、楽しみにしていたデイル夫人の活躍に間に合うよう

Brownie
Model 1

に、牧場をいくつか駆け抜けて来ることもありました。そのあと、夕食を食べ始める前の六時四十五分に、家族全員がラジオの周りに集まって『諜報部員ディック・バートン』に耳を澄まします。聞きながら、ディック、スノーウィ、ジョックの三人の諜報部員の見事なお手並みに感心したものでした。のちに『アーチャーズ』という番組が始まりました。これは農業を営む一家のストーリーで、うちよりずっと最新式のやり方で農作業を行っているのでした。『ポール・テンプル』という探偵ものも楽しんで聞いていました。とにかくうちでは、両放送局のあらゆるラジオドラマを聞いていたのです。ジョー・レナーンが司会を務めていたクイズ番組『クエスチョン・タイム』も大好きで、家族で正解の数を競ったり、スタジオの回答者に挑戦したりしたものです。ディン・ジョーが司会の『踊ってみよう』を聞いてアイリッシュダンスの技を磨こうと練習し、歌や音楽を流すショーン・オー・シーホーンの番組『暖炉の周り』では、各々がお気に入りの歌手の出演を待ち望んで聞いていました。父はニュース中毒で、世界中で何が起こっているか、常に知りたがっていました。天気予報も欠かさず聞きました。農作業は天候によって左右されるので、天気予報を聞きたがるのは当然ではありましたが、海上の気象予報までも聞き漏らすまいと構えているのを見て、正直なところ、そこまで知る必要があるのかしらと思っていました。だって大海は、コーク北部の山々を越えた向こうの遠い存在だったからです。そして、夜最後に聞く番組は『アイルランド病院宝くじ*』でした。司会のバート・バスタブルがリスナーに言葉を投げかけます。「あなたがどこにいるかは関係ありません。さあ、星に願いをかけましょう」

ラジオは、子どもたちの手の届かない棚のいちばん上に置いてありました。そうでなければ、出窓の枠の奥に置かれていました。頑丈で大きなラジオで、どっしりと重いガラスの箱に入った電池がふたつ取り付けてありました。定期的にひとつずつ充電する必要があり、もし充電しないと、中から聞こえてくる声がむっつりと黙り込んでしまうのです。だから、電池を使いすぎないように、一日にラジオをつけておくことのできる時間が決められていました。もし黙り込んでしまったら、声を回復するために、電池を農機具の修理場に持っていかなくてはなりませんでした――うちの場合は、近くの町にあるパブに持って行き――そこで電池を巨大な機械につなぎました。充電した電池をラジオに取り付けると、押し黙っていた声帯がだんだんと回復し、ようやく声が出るようになるのでした。充電が必要なとき、たまたま、荷車に牛乳を積んで町のクリーム加工所へ向かう時間なら、電池も一緒にのせて運んでいきました。でもそうでなければ、誰かが手で持って運んでいかなくてはならなかったのです。これは、筋肉を使う重労働でした。

一家の台所の壁に掛けられている絵は、たいていがキリストの聖心《みこころ》*でした。この御絵の中のキリストは、一家の人々のあらゆる活動に、父親のように温かい視線を注いでいました。そして、毎晩の夕食後、家族全員がひざまずいてロザリオの祈りを捧げるとき、聖心は主役となり、輝きを増すのでした。

覚えている、覚えている

覚えている、覚えている
ぼくが生まれた家を
朝、小さな窓から太陽が
中をのぞき込んだ
太陽はすぐには沈まず
かといって長く居続けもしない
今ぼくは思う
あんな夜にこの世を旅立っていたら

覚えている、覚えている
赤や白のバラの花を
スミレやカップ型のユリの花を
あの花々は光でできていたのだ！
ライラックの花のそばにコマドリの巣

トマス・フッド

兄が誕生日に植えたキングサリ
あの木は今も茂っている！

覚えている、覚えている
よく乗ったブランコを
滑空するツバメに吹き寄せる風は
さわやかだったろう
ぼくの心は　ツバメの翼に乗っていた
でも今は重くなり
真夏の生ぬるいプールのように
額に熱を感じている

覚えている、覚えている
緑濃くそびえ立つモミの木々を
その尖ったてっぺんは
空に届きそうだった
何も知らない子どもだったぼく

今は楽しむこともない
少年の頃とは違い
天は遠くなってしまったから

訳注

巡回ミサ――ミサを教区内の一般家庭で行うこと。司祭が家庭を訪問し、友人知人や近隣の家庭の人々が集まっておこなった。

耐火レンガ――炉、窯などの内張りに使用する耐火性をもったレンガ。

クローク・パーク――ダブリンにある、アイルランド最大のスタジアム。ゲーリックフットボールやハーリングなどの試合が行われる。

アイルランド病院宝くじ――アイルランド国内の病院建設の資金を確保するために作られたくじ。売り上げは、建設費用と購入者への賞金に充てられた。アイルランドだけでなく、イギリスやアメリカでも広く売られた。

キリストの聖心――イエス・キリストが描かれた絵。キリストは、赤く描かれた自分の心臓を指し示している。

第三章　絵は語る

現代絵画がアイルランドの農家の壁を飾るようになる以前、壁に掛けられていた絵のほとんどは、宗教的な要素を持つものでした。そうでなければ、わかり易い逸話を表現するものでしたから、画家の頭の中を想像する必要などありませんでした。キャンバスに塗られた灰色の濃淡の違いで画家が何を表現しているのか、頭を働かせて理解することなど、私たちの脳には求められなかったのです。ベーコン*といえば、画家ではなく夕食のおかずでしたし、ナッテル*もまだ世に出ていなかったため、あの特徴的な顔の描き方に衝撃を受けることもありませんでした。多くの家庭にポール・ヘンリー*の『じゃがいもを掘る人』シリーズの複製画が一枚ありました。そこには、農夫たちが畑を掘り起こしている姿や、手を休めて頭を垂れ、お告げの祈り*を捧げる様子が描かれていました。絵の中の人々は私たちとはまったく違う服装をしていましたが、同じ種類の人間でした。その他に飾られていた絵といえば、カトリック色の強いものばかりでした。

祖母の家には、名も知らない聖人たちが苦悩に満ちた表情をした絵が飾られていて、私たちを見下ろしていました。また、空を舞うキリストが雲間に消えていく場面を描いている絵は、家族みんなをそちらの方向へ導いていました。私のベッド脇の壁には美しい聖テレサがいて、バラの花びらを私の頭上にまき散らしていました。その穏やかな顔つきは、農場の厳しい暮らしとは別世界に住んでいるように見えました。カルメン会の修道女が着る、ゆったりと流れるような衣服を身に着けた聖テレサを見ていると、修道院での暮らしが穏やかで心休まるものだと思えてきます。決めた、私も修道院に入る！　雌鶏に餌をやらなくて済むし、窓ふきもさせられない。それに、私がこの流れるような服を身にまとったら、すごく素敵よね？　塀に囲まれた庭園の中を、バラを摘みながらぶらぶら歩くなんて、ああ、うっとりしちゃう、などと想像を巡らせました。そうして十歳のとき、お門違いの妄想に駆られたまま、ある晩自宅近くの修道院のドアを叩いたのです。あっけにとられた修道院長に向かって、シスターになりたいと告げました。すると院長は、「もう少し大きくなったらまた来てね」と優しく言い聞かせてくれました。大きくなっても、修道院へ行くことはもうなかったのですが。

私たち子どもの人格形成に重要な影響を与えたもう一枚の絵は、聖フランシスを描いたものでした。フランシスコ修道会に所属するいとこがいて、聖人のようなその人が、毎年、絵をいくつも持って訪ねてくるので、私たちは聖フランシスに対する興味を抱くようになりました。なにしろ、勝手に家の中に入ってくる鶏たちに囲まれていましたから、聖フランシスはことに輝いて見えていたのでしょう。

そして、なんといってもある一枚の絵が、他のどの絵より愛されていました。そこに描かれた親しみ深い顔は、家族のみんなに優しい視線を投げかけていました。ほぼすべての農家の台所に——実のところ、町の家の台所にも——おなじみのキリストの聖心が掛けられていました。結婚すると、花嫁は真新しい聖心の御絵を台所に掲げ、新たな生活をスタートさせました。祖母は、母が結婚するときキリストの聖心を贈り、私が結婚して新居に落ち着くことになると、母が私にプレゼントしてくれました。そして数年前、私の娘が結婚したとき、昔から母から娘に贈ることになっているその絵を、娘の義母が娘に贈ってくれたのです。これは、その家の女性として喜んで受け入れることを示す行為でした。

聖心が贈られると、そこに新婚夫婦の名前と結婚した日付が記されました。そして、赤ん坊が生まれるたびに、その洗礼名が次々に書き込まれたのです。一家を訪れる客が絵をひと目みて家族構成がわかるようになっていて、それだけでなく、将来のための記録にもなっていました。絵のいちばん下には、聖心をその家に掲げる際に家と夫婦を祝福する儀式を行った司祭の名前も記されていました。でも残念ながら、子どもたちの誕生日が記されることはありませんでした。もし書きとめられていたら、家族の貴重な記録となったでしょう。

聖心に描かれているのは長髪のイエス・キリストで、慈悲深く優しい笑顔をこちらに向けていました。これは、当時のカトリック教会が私たちに植え付けようとしていた、激しく手厳しいキリストのイメージとはかけ離れたものでした。真の宗教とは心からの愛で満ち溢れているべきだ、そう考えていた母親たちは、だからこそ、娘の新居にこの絵を贈りたいと思ったのかもしれません。キリストの笑顔の右には、こう書かれていました。「この絵を飾り、大切にする家庭に恵みをもたらす」そして、反対側には「この家の家族に心の安らぎを与える」とありました。そんなわけで一家の主婦が、家族に平和をもたらすこの人物を台所に掲げたいと思うのは当然だったのです。

真新しい聖心は、色鮮やかな状態で一生をスタートします。この御絵は、巡回してきた宣教師から買うか、そうでなければ地元の店で買いました。店では、聖母マリアの御絵やローマ教皇の写真と一緒に商品棚の上の方に置かれていて、下の棚には、いろいろなものがごちゃごちゃと並んでいました。店の主人は、神のご加護のおかげで商売繁盛だ、と喜んだことでしょう。台所で長年暮らすうちに、聖心は調理用暖炉の煙を浴びて、鮮やかな色がだんだんと柔らかな色合いになっていきます。うちの場合は、暖炉のまわりに陣取った父や隣人たちがくゆらすパイプの煙が、聖心だけでなく、周りのあらゆるものに吹きかけられていました。だから週に一度、丸めた新聞紙に灯油を染み込ませたもので、聖心をきれいに拭き取っていました。何年もかけて、暖炉とたばこの煙が、真新しい御絵と額縁を周りのものに溶け込ませていきました。そして、すっかり家族の一員になると、誰かが額縁の端にロザリオの数珠を引っ掛けたりするようになります。学校が試験期間に入ったり、困ったことが起こったりすると、聖心に向かうお祈りに熱がこもります。けれども、キリストが商業主義に毒されることはありませんでした。牛乳の出荷を記録する帳簿や請求書は、聖心から見えないように、階段の手すりの小柱の間に挟んでおいたものです。この御絵は、家族に一大事が起こったときに慰めとなり、日常生活の中に溶け込んでいたのです。御絵が奇跡を起こしてくれるかもしれない、そう思っていたわけではありません。聖心は母親のような存在であり、つらいときながめていると、心が落ち着いてくるのでした。広い台所のどの角度からも見えるよう、よく考えられた位置に掲げられていました。わが家では、窓と反対側の壁に掛けられていたので、外から家に向かって歩いてくると、窓ガラス越しに目に入りました。まるで、御絵がこう言っているようでした。「おかえり。ここでずっと待っていたよ」このように、聖心は家族の一員だったのです。

キリストの聖心の下には、御絵を照らすためのランプを置く小さな台が据え付けてありました。ランプの下には、小さなレース編みか、かぎ針編みで縁取りをした白い布が台を覆うように敷いてあります。この小さな台には、丸型の小さなランプがちょこんと乗っていて、油つぼの中の芯は、ぐるりととぐろを巻いていました。油がこの芯を通ってバーナーの部分へと上がって行くのです。芯が燃えて短くなると、脇に付いたぎざぎざの小さなつまみを回し、少し上へ出します。ランプの上部には、赤くて丸い小粋なホヤが小ぶりの口金にすっぽ

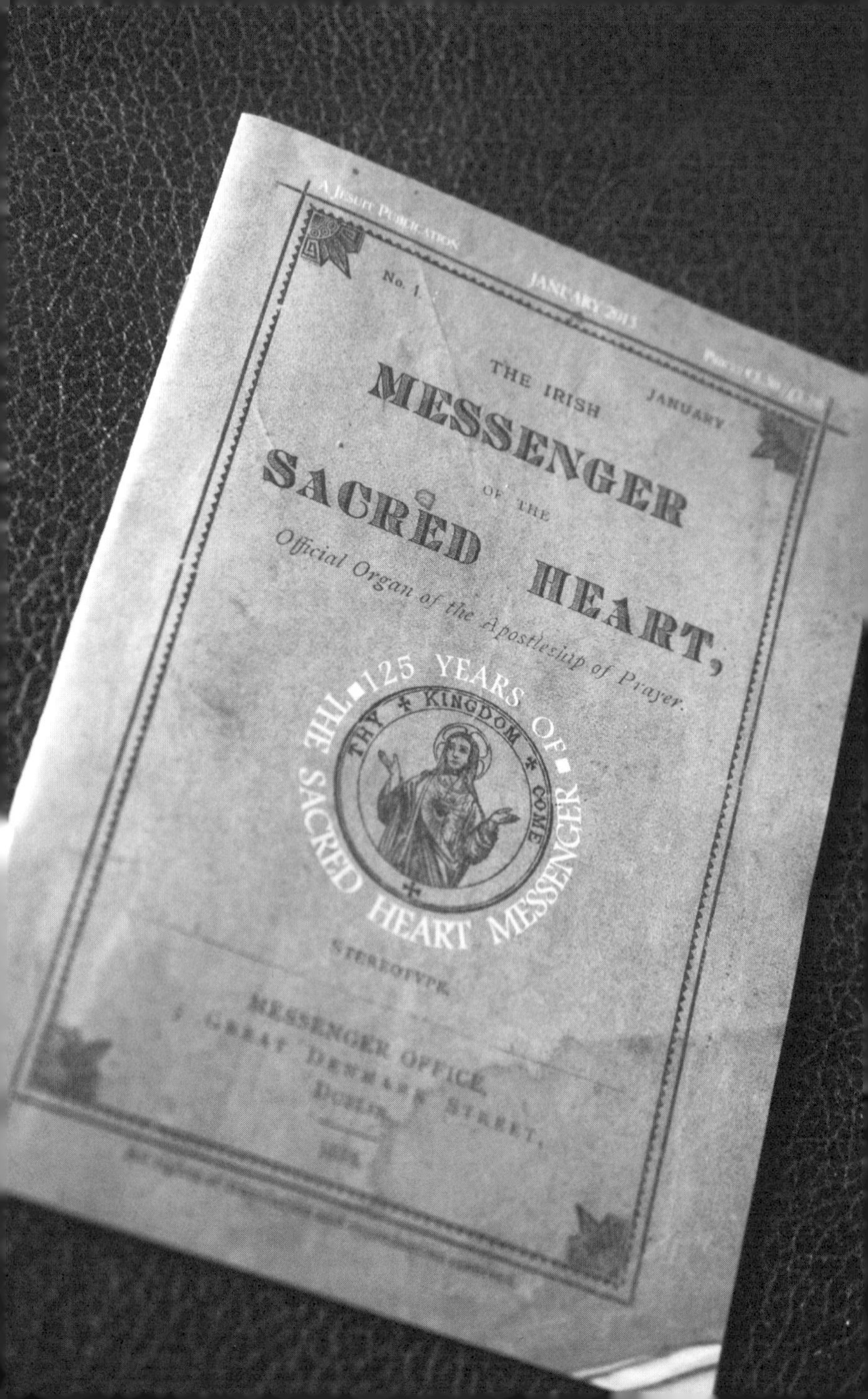
A Jesuit Publication
No. 1
THE IRISH
JANUARY
MESSENGER
OF THE
SACRED HEART,
Official Organ of the Apostleship of Prayer.
THE 125 YEARS OF THE SACRED HEART MESSENGER
THY KINGDOM COME
MESSENGER OFFICE,
STREET,

りと納まっています。聖心を照らすためのこのランプには、毎週油をつぎ足しました。まず、ホヤとバーナーを取り外し、ランプのくびれた部分に、小さなじょうごを差し込みます。それから、家庭用の大型ランプに入れるのと同じオイル缶から、じょうごの中に油を注意深く注ぎ入れるのです。ランプが小さいため、この作業は極めて慎重に行いました。油があふれてしまうと、台所中が感じの悪い臭いでいっぱいになるからです。そうして輝きを取り戻したランプは、昼も夜も赤い光で御絵を照らし続けます。この光は、絶えることなく家の中できらめき続けていました。

聖心の下のランプの脇には、季節感あふれる花を飾りました。クリスマスの時期は、真っ赤な実のついたヒイラギが台を彩ります。春には、地面から真っ先に顔を出した花を摘んで供えます。花はマツユキソウに始まり、ラッパスイセン、ブルーベル へと移り変わり、枝の主日*にはシュロの枝を飾りました。それからバラ、野生のスイカズラという具合に移ってゆき、またヒイラギの季節に戻るのです。ヒイラギは聖心に供えられるだけでなく、後に「ジュリアス・シーザーの冠」と呼ばれるようになった、キリストの額にはめられた輪も、この植物で作ったものでした。聖心は、修道院などの施設の壁を美しく飾ることもありますが、本当は、家庭で掲げるのにふさわしい絵なのです。

ランプと同じ明るい赤色の表紙をした『聖心の使者』という冊子があります。この冊子は、八十年以上にわたり、イエズス会*の賢明な教えをアイルランドの家庭に伝えてきました。私の祖母が購読し、母も読んでいました。今では私が読んでいます。長年の間、アイルランド中の家庭を慰め、啓発し続けてきました。冊子には、読者からの手紙も掲載されています。手紙には、聖心から受ける恵みに対する感謝の気持ちが綴られていて――お礼の言葉が何ページにもわたり並んでいるのです――絵を贈られた側が、ありがたいと思っているのがわかります。私はガーデニングが大好きですから、毎月ヘレン・ディロンが執筆しているガーデニング指南の記事が気に入っています。また、論説記事にはいつも考えさせられます。幼い頃、キリストの聖心は、私たち子どもの生活を明るく照らし続けてくれました。今では聖心を飾る家庭は少なくなっているようですが、『聖心の使者』は現在も読まれ続けています。

ウィリアム・バトラー・イェイツ

クール湖の白鳥

木々は秋の麗しさを装い、
森を縫う小路はかわき、
十月のたそがれのもと
水はしずかな空をうつす。
水あふれ、石くれをひたすところ
五十九羽の白鳥が浮く。

十九たび目の秋はわたしに訪れた
鳥のかず初めて数えたその日から。
かぞえも終えず、わたしは見た
鳥がすべて、すわと舞い立ち、
羽ばたく音もあららかに、
大きな切れ輪をなして散ってゆくのを。

この麗しい鳥の群れを見ていると、
わが心は、いまは痛む。
初めこのみぎわに立って、たそがれどきに、
頭の上に、羽ばたく調べを聴きながら
踏む足どりも軽やかだったその昔に
くらべれば、何もかも変わりはてた。

いまも倦むことなく白鳥たちは、
恋うる同士で連れ立って、

ひややかな、親しみぶかい流れに浮かび、
また、空高く舞い上がる。
その心、老いることなく、情焔と愛の勝ち誇りを
どこへ行っても、常に忘れない。

しかも、いま白鳥の群れは、静かな水の面を
神々しく、美しい姿をして浮かびゆく。
いつの日にか、白鳥が飛び去ってしまったと
このわたしが悟るとき、いずこの葦間に塒《ねぐら》して、
いずこの湖のほとり、また沼べりで、
世の人の眼を楽しませているであろうか。

（尾島庄太郎訳「ウィリアム・バトラー・イェイツ　詩抄」
川端康成他編『ノーベル賞文学全集20』主婦の友社）

訳注
ベーコン――フランシス・ベーコン。一九〇九年～一九九二年。アイルランド生まれの英国の画家。

ナッテル――グラハム・ナッテル。一九五四年〜。アイルランドの画家・彫刻家。

ポール・ヘンリー――一八七六年〜一九五八年。北アイルランド生まれの画家。

お告げの祈り――聖母マリアへの受胎告知を記念するカトリック教会の祈り。朝昼夕に行う。

枝の主日――イエス・キリストがエルサレムに入城したことを記念する日。復活祭の一週間前の日曜日。

イエズス会――カトリック教会の男子修道会。日本に初めてキリスト教をもたらした。

HEALTH DEPENDS
PURE BLOOD.
PURIFIER.
1/3

第四章　お医者は無用

もうそろそろね、母はそう判断すると、土曜の朝早く、私たちきょうだいがベッドから起きて逃げ出す間もないうちに、エナメルのカップを手にしてやってきます。カップの中では、恐ろしくまずいセンナ豆果が湯気を立て、強烈な臭いを放っていて――母がこの調合薬を持って寝室の入り口にさっそうと姿を現すと、吐き気を催すような悪臭が、私たちの鼻孔に襲いかかってきました。効能を最大限に引き出せるよう、沸騰したお湯でぐつぐつ煮込んでありました。煮出したセンナは、排水溝が詰まって流れなくなり、長い時間をかけて腐ったような臭いがします。だから、ひといきでごくりと飲んでしまうのが、精神衛生には良いのです。かつてイェイツ*も言いました。「苦しみがあまりにも長すぎると、心が石になることもある」母のセンナ豆果をじっと見つめていると、間違いなく精神がおかしくなってきます。そして、時間がたてばたつほど、飲みたくないという気持ちは強くなっていきます。冷めれば冷めるほど、いっそうまずくなるからです。マクベス夫人*の忠告を思い出すのは、まさにこんなときです。「もし、やってしまってすべて決着がつくのなら、すぐやったほうがいい」いよいよ観念して——何度も吐き出しそうになりながら——やっと飲み込むのですが、それでおしまいではないのです。とんでもない！　むしろ、話はそこから始まるのですから。これから腸内の浄化が始まり、一日中続くのです。

センナ氏は、旅路の最終目的地に到達するまで、並々ならぬ努力で、行く手に立ちはだかる障害物をひとつ残らず連れ去っていきます。ところが、腸が抵抗するため、もみ合いが起こり、激しい腹痛を伴う闘いへと発展します。そして、闘いの勝者は、いつもセンナ氏と決まっているのです。闘いで倒れ込むことはありませんが、間違いなく、腰を折り曲げて苦しむことにはなります。腸内を無理やり前進させられることなど何度も経験済みのセンナ氏は、戦利品をごっそりかき集めながら不屈の精神で進み続け——勝利の凱旋に向けて、一日中休むことなく行進し続けます。うんうん言いながら、ついに旅路の終わりに到達すると、ゴールではつつましい便器が歓迎してくれるのです。戦利品の臭いをぷんぷんさせながら、センナ氏は決死の覚悟ですぽんと躍り出ます。これで私たちの忍耐力を試す試練も無事に終わり、体内のあちこちがまっさらな状態に戻るのです。最後に、汲みたての井戸水がコップ一杯、私たちの喉に流し込まれます。そうして私たちは、また別の闘いに備えるのです。こんな風でしたから、医者など必要なかったのです！

家に医者が呼ばれたという噂が流れると、ひょっとして次に呼び出されるのは、地元の葬儀屋のマイクかもしれないと思われます。医者を呼ぶということは、もう手遅れであることも多いのです。どこのうちも家計に余裕がないため、まずは予防に力を入れ、それから民間療法を試します。医者を呼ぶなどそう簡単にはできないので、健やかな体を保つため、いろいろな方策が取られていたのです。

まず第一に、消化システムがよどみなく流れるよう、おこたりなくメインテナンスを行います。「システム」というと、官僚主義やら政府やら、国の政治を連想させますが、母の頭の中では、この言葉は、体内の消化システムを示していました。子どもたちが身体の不調を訴えると、母は独自の検知方法でその部分を見つけ出します。体内の流れがスムーズであれば、他の部分の調子もいいはずだと考えていたのです。だから、消化システムをうまく機能させるためのしくみを、生活の中にいろいろ組み込んでいました。そして、病気の予防に最も力を注いでいました。また、傷口はすぐにふさぎ、詰まったものはただちに取り除くなど、問題が大きくならないうちに手当をしていました。とりあえず様子を見る、などということはありませんでした。つまり、デトックスや腸内洗浄など誰も聞いたことのない時代に、すでにその道の先駆けだったのです。

母がいちばんよく使ったのはセンナ豆果でしたが、父は、水をたくさん飲んでから牧場へ出て、サンザシの実とスローベリーを採って食べれば、どんな薬より効果があると言い張っていました。このときばかりは私たちも、母が父の言うことを聞いてくれたら、と思ったものです！　自分の言葉を実行していた父は、常に、うちの井戸から汲んだ湧水をたくさん飲んでいて——それで九十代まで長生きしました。入院したのは、白内障の手術を受けたときだけでした。（入院中している間、私たちは、父に頼まれて井戸の水を病院へ持っていきました。父は病院の水などまったく信用していなかったのです。）

センナ豆果は、体中のものをうまく流すためのひとつの方法に過ぎませんでした。そして私たちは、成長に伴いセンナを卒業し、塩を使う方法へ変わっていきました。様々な名前の塩があり、中には症状を止めるより、私の息の根を止めるくらいまずいものもありました！

その悪名高い塩のリストの、まず最初に挙げられるのはアンドルーズ・リバー・ソルトで、これは刺激は少ないのですが、水に入れるとシューシューと泡が立ち、その間に飲んでしまわなくてはなりませんでした。これで肝臓を洗い流すというわけです。リストの二番目にくるのはフィノンズ・ソルトで、この塩は骨を丈夫にして体を健康にする、とされていました。それから、グローバー・ソルトもありました。これは、子豚にも使いました。だから、少なくとも子豚たちは、私たちと同じ苦しみを味わっていたことでしょう。他には単に「ヘルスソルト（健康塩）」と呼ばれているものもありました。あらゆる症状に使えそうな、それでいて何の効果もなさそうな、漠然としていて特徴のない名前ですね。塩の世界でいちばん頼りになったのはエプソム・ソルトでした。腸内をきれいにするのに絶大な効果があり、小さなつぶつぶの中にダイナマイトが仕掛けられているのでは、と思ったほどです！　とにかく、私たちがどんなに不平を鳴らそうとも、体調を整えるために塩を一服盛られたのでした。

ところが、もっと気分が悪くなる治療法が、私たちを待ち受けていたのです。ひまし油です。これを飲まされるまでは、塩よりひどいものはない、そう思っていました。でもそれが、あったのです！　どんな症状に効くのかよくわかりませんが、ひまし油を口の中に流し込むと、まるで潤滑油のようにねっとりとした感じがいつまでも残り、喉がふさがれそうになりました。ひまし油は効果抜群、祖母はそう信じていて、私たちが最後の一滴を飲み干すまで、ベッド脇に立って監視していました。祖母自身は、当時よく下剤として用いられていた、カスカラサグラダの樹皮を乾燥させた生薬を飲んでいました。毎晩寝室で、何枚も重ねて着ていた派手な色の下着を脱いだ後、窓辺に立って夜空をじっと見つめます。それから、真っ黒な色のカスカラをちびちび飲むのです。まるで最高級のバーボンを味わっているように見えました！　カスカラが放つ悪臭の半分ほどでも味が悪いとしたら、それが、寝る前の美味しい一杯であったはずがありません。それなのに、いつもの一杯を飲みながら夜空の様子を観察する祖母の言葉は、少しもよどむことなく滑らかでした。祖母は、カスカラのようなありきたりの薬に動じるような人間ではなかったのです。

イチジクのシロップは、下剤の気のいい弟みたいなもので、飲み込むとするりと喉を通っていき、舌に心地良いハーブのような味が残りました。ああ、下剤の兄貴たちもこのシロップほど優しかったら！　それから、尿道を通って出てくるあの液体の透明度に問題が生じると、精白した大麦をコトコト煮て、できあがったものを大人の監視のもとで飲まされました——渡された分を、近くにいる猫や犬と分かち合うことのないよう、見張られていたのです。

歳を取ってくると、祖母は、ときどき医師に往診に来てもらうようになりました。それでも、体の具合を診てもらうというより、相談相手になってもらうためでした。医師の見立てには必ず文句をつけるので、医師はイライラさせられていました。しかも、自分で症状を治してしまうのです。腰が痛くなると、「赤い絆創膏」を貼りました。小さな穴がいくつもあいていて、内側にベタベタする黒いパッドがついた絆創膏で——それがずいぶん長い間、腰に貼りついていていました。胸の調子が悪くなると、つかえをやわらげるのに、赤いフランネルを巻いて体を温めていました。そして、スローン印の塗り薬に絶大な信頼を置いていました。祖母がこの薬を体に塗ると、寝室中がつんとしたにおいでいっぱいになり——どういうわけか、私まで気分が良くなってしまうのです。においで気分が高揚したのでしょう。また、関節がなめらかに動くようにと、祖母はガチョウ脂も愛用していました。ふつう、ガチョウ脂は、ごわごわした革のブーツや馬革で作ったものを柔らかくするのに塗りこんで使います。だから、人間にも効き目があると思っていたのかもしれません。

体の調子を整えるのに、食べ物も利用しました。ときどき母は私たちを、野生のリンゴを集めに行かせ、そのリンゴを調理用暖炉にかけた鍋に入れ、とろ火でゆっくりと煮込みました。ぐつぐつ煮える間に、椅子の背を少し離してふたつ合わせ、ほうきの柄を渡し掛けます。

それから、鍋の中身をモスリンの布の上に空けて濾し、布の端をまとめて小さな袋状にして口をしっかり結びます。そうしておいて、先ほどのほうきの柄に引っ掛けておくのです。すると液体が、下に置いたほうろうのバケツの中にしたたり落ち、袋の中にはリンゴのかすが残ります。それを豚に与えるのです。すると、豚たちは大喜びで——とにかくリンゴが大好物で、果樹園に勝手に入っていき、落ちているリンゴを食べつくしてしまうほどでしたから。そんなことがあると、母は本当に腹を立てました。だって、リンゴのゼリーを作ろうと思っていたからです。また、あちこちの溝の中で繁っているクロイチゴの木が実をたくさんつけると、ブリキのガロン缶を持って摘みに行かされました。ビタミンCたっぷりの実でジャムを作るのです。

アイルランドの浜辺でよく見かけるキャリギーンの海藻は、猫のおしっこのような臭いがします。それを長時間ぐつぐつ煎じて、できあがった不快な液体を飲まされました。頭がくらくらするほどまずいのですが、手元にレモンがあれば、それをちょっと絞って入れると、なんとか飲み込めるようになりました。レモンがあってもなくても、私たちはこの煎じ薬を飲まされました。体を丈夫にするとされていたからです。この海藻を型に入れ、味をつけて固まらせることができるとわかってからは、かなり食べやすくなりました。それでも、猫のおしっこのようなあの臭いは忘れることができません！　夏休みにバリーブニュンへ行くと、海岸の黒い岩の向こうまで海藻を採りに行かされました。自宅へ持ち帰り、冬の間の強壮剤として使うのです。海藻は魚臭くて磯の香りがする上に、食べるとき、歯と歯の間にはさまりました。ヨウ素たっぷりで体にとても良い、祖母はそう請け合うのでした。

地元の薬局の店主はどんな症状でも診てくれるので、私たちの生活圏内にたびたび登場していました。その店でヨードチンキを買い、切り傷や擦り傷に塗って、ばい菌が入らないようにしていました。このチンキを塗ると、蜂に刺されたような痛みが走り、ヒリヒリがおさまるまで台所中を苦痛で跳びまわることになります。また、刺激が少なく消毒薬も兼ねた過酸化水素水も利用しました。これは、塗った瞬間に泡がぶくぶく立って傷口を消毒し、その泡が消えてなくなると、痛みも一緒におさまりました。ぬかや食パン、でなければ亜麻の種子を熱してからピンク色の当て布の上にのせ、温湿布として患部に当て、傷口からばい菌を出しました。この湿布は、熱ければ熱いほどよく効いたのです。けれども、湿布が熱いほど、貼られた人の苦痛の叫びは大きくなるのでした！

子牛から白癬《タムシ》をうつされたこともあります。タムシはとても感染しやすいので、これはよくあることでした。すると薬局の店主が、真っ黒なタールのような代物を患部に塗りたくってくれました。タムシで死んだ人など聞いたことがありませんが、薬を塗られてしばらくの間、あまりの痛さに、もしかしたら私はこのまま死んでしまうのではないかと思ったほどです。それでも、死んだのはタムシの方で、私は助かりました。

わが家と農場でよく使っていた消毒薬は、主に、ジェイズ・フルイド、洗羊液、ライゾール、スクラブス・アンモニアで、それぞれが独特の臭いを放っていたので、すぐにそれとわかりました。中には、おそろしく不快な悪臭もありました。アンモニアの原液の臭いなど、ちょっとでも吸い込んだら、気絶しそうになります。炭酸ソーダは、お湯に溶かすと何にでも使える万能な洗剤兼殺菌剤になるので、家畜小屋や納屋を掃除するのに使っていました。ここに挙げた消毒薬はすべて、バケツにくんだ水の中に入れ、かき混ぜてから使います。触れると皮膚が荒れるので、手に付かないように棒を使って混ぜました。ゴムやビニールの手袋など、まだ売っていない時代だったのです。また、消石灰と呼んでいた、乾燥させた石灰を、農場の小屋の周りにまいて虫よけにしていました。まくときに、細かい粉が飛んで目に入ることもある危険な作業でした。

けれども、あらゆる場合に使うことができていちばん頼りにしていたのは、石炭酸石鹸でした。たらいで洗濯するときに使ったり、床や家具を磨いたり、その上、医療用にも使っていました。いろいろな湿布を試して効かないと、石炭酸石鹸に砂糖を塗り込んで丸くまとめ、平らに延ばしたものを湿布として使いました。これは本当に良く効きました。それにティーンエイジャーが、この石鹸で脂ぎった顔を洗うと、にきびが良くなりました。にきび用洗顔には、バターミルクも使いました。

昔からうちで手伝いをしてくれていたダンじいさんは、バターミルクを熟成させると二日酔いに効くし、胃のもたれを取り除いてくれると言っていました。また、黒ビールをうつわに入れ、火かき棒を熱してからその中に突っ込むと、ビタミンたっぷりの飲み物ができあがり、いろいろな症状に絶大な効き目があるとも言いました——ただし、これは本物の鉄の火かき棒でなければいけません。ダンいわく、「今どきの小じゃれたやつ」ではだめなのです。ダンが黒ビールに火かき棒を突っ込むと、温まったビールからぶくぶくと泡が立ち、台所が醸造所のような濃厚な香りでいっぱいになりました。風味をよくするために、黒砂糖をひとつまみ入れることもありました。母の目を盗んで味見をすると、素晴らしくおいしい飲み物でした。また、春先の、出てきたばかりでホヤホヤの牛の糞も治療薬として使える、ダンはそう言っていました。牛の胃の中で加工されたハーブが豊富に含まれているというのです。この考えには祖母も賛成でした。そして、私の姉が犬にかまれ、傷がなかなか治らなかったとき、糞の効き目を証明してみせたのです。

風邪の予防によく使ったのはタマネギです。牛乳で煮込んで、煮汁のホットミルクを飲むのです。特に、ゆっくりと休む必要がある晩は、寝る前に飲まされました。耳が痛いときは、加熱したタマネギを脱脂綿で包み、温めたオリーブオイルに浸します。痛みを和らげるために、これをそっと耳に差し込むのです。また、うちではいろいろな品種のキャベツを栽培していましたが、キャベツの王様といえるほどの健康効果を誇っていたのはケールでした。

私たち子どもは、タンポポを「おねしょのもと」と呼んでいました。実際、利尿作用があるので、まんざら間違いではなかったのです。膀胱の機能を高めようと、タンポポをサラダや炒り卵に入れていました。また、「酸っぱい葉っぱ」と呼んでいた、セイヨウサンザシなどの酸味のある葉も食べました。それにもちろん、サンザシの実とスローベリーは父の得意としていたところです。それから、野生のフクシアの花の蜜も吸いました。ただし、花の中にミツバチがいないかどうか、口にする前に必ず確かめました。このような自然の食べ物は健康に良く、腸内だか血液だか――どちらなのか、よくわかりませんが――をきれいにしてくれるとされていました。

蜂蜜は、健康食品の王様とみなされていました。おじは、わらの籠にミツバチを飼っていました。あるとき私の兄もハチの巣を手に入れ、飼育用巣箱を買いました。それ以来わが家では、蜂蜜をたっぷり食べられるようになったのです。はじめのうちは、巣蜜を食べていました。毎朝食卓の上のいちばん目立つ場所を巣蜜が陣取り、私たちはスプーンを使って巣から蜂蜜をこそげて食べていました。そのうち兄が蜂蜜を巣から取り出すことに成功したので、食卓には、巣蜜に加え瓶詰にした蜂蜜も並ぶようになりました。それから巣箱の数はどんどん増えていき、蜂蜜を大量に生産するようになり、地元の食料品店や遠方の店にまで卸すようになったのです。

もちろん、血液の巡りをよくするために、年に三回はイラクサを食べさせられました。アイルランド語で「修道士の下剤」と呼ばれるルバーブにも、同じ効能がありました。

白衣を身に着けた医師の診察を初めて受けたのは、歯科医が検診のため学校にやって来た

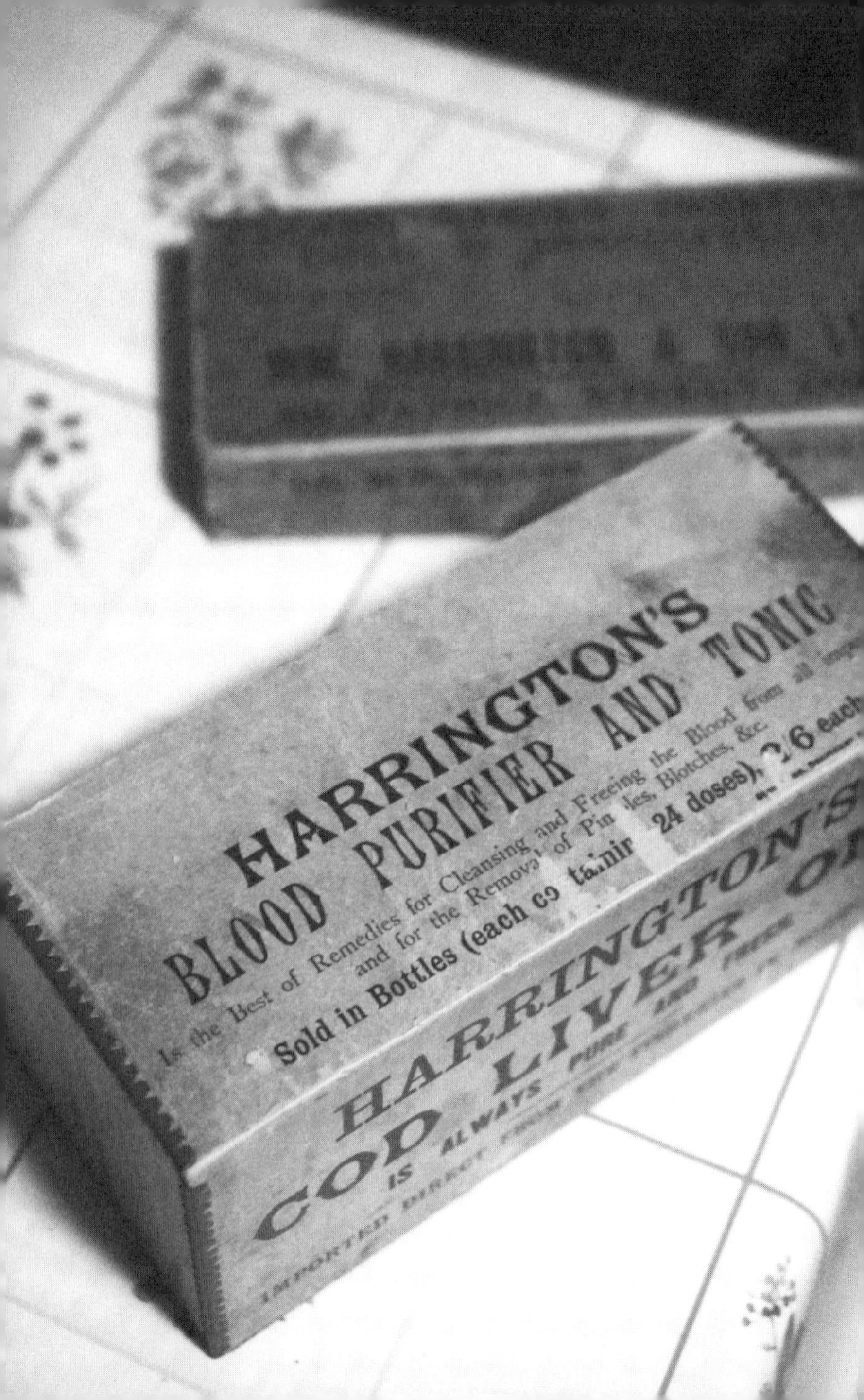
HARRINGTON'S
BLOOD PURIFIER AND TONIC
Is the Best of Remedies for Cleansing and Freeing the Blood from all
and for the Remova of Pin les, Blotches, &c.
Sold in Bottles (each co tainir 24 doses), 2/6 each
HARRINGTON'S
COD LIVER
IS ALWAYS PURE AND FRESH
IMPORTED DIRECT FROM

ときです。ああ、この歯科医のせいで、学校が恐怖の館と化してしまったのです！　当時は問診などせず、「すべて取り除く」時代でした――ほんの少しでも歯に問題があれば、すぐさま引き抜かれてしまいます。詰め物などしてくれるはずがありません。大柄で恐ろしげな顔つきの女の歯科医が、パリッと糊のきいた白衣をまとい、消毒薬の臭いをぷんぷんさせながら、拷問用の器具を振りかざして学校に乗り込んできました。学校には水道も暖房設備もないため、歯科医は、携帯用石油ストーブと変性アルコールを持参していました。彼女が診察の準備をし始めると、チョークの臭いがこもっていた教室が、しだいに拷問部屋の雰囲気に変わっていきました。それでもはじめのうちは、何が私たちを待ち受けているかなど、知る由もありませんでした。だから、屠殺場へ向かう羊さながら、少しも疑うことなく列に並ぶのでした。するとヒトラー夫人は、私たちの口の奥から情け容赦なく歯を引っこ抜き、脇に置いたほうろうのバケツの中へと放り投げ、バケツが血に染まっていきました。学校中に恐怖の悲鳴が響き渡り、私たちは口の中を血でいっぱいにして、腫れ上がったほっぺたで下校させられたのです。歯科治療初体験としては、気持ちの良いものではありませんよね！

ヒトラー夫人と比べたら、センナ氏の治療など心地良く感じられるほどでした。あら、これは言い過ぎかもね！

訳注

イェイツ——ウィリアム・バトラー・イェイツ。一八六五年〜一九三九年。アイルランドの劇作家・詩人。「犠牲があまりにも長すぎると／心が石になることもありうるのだ」（田中長子著、『W. B. Yeats の "a terrible beauty"—「イースター一九一六」—』法政大学学術機関リポジトリ）

マクベス夫人——ウィリアム・シェイクスピア（一五六四年〜一六一六年）の『マクベス』に登場する人物。原書ではこのセリフは、夫人ではなく、マクベスのもの。

第五章　長いお祈り

長い間、ネルソン提督の柱*はダブリンの大通りにそびえ立っていました。それがある晩、うちの家族がロザリオの祈りを捧げていると、わが家にネルソン提督がひょっこりとやって来たのです。提督は別の宗派の信徒ですが、ともかく私たちは、彼が来てくれたことを喜んで――とはいえこの話は、情け容赦のないアイルランド人の仲間たちが、提督の像をどかんと爆破する、かなり前のことですが！

母の黒いロザリオの数珠は、使い込まれてボロボロで、台所の鎧戸の取っ手にいつもぶら下がっていました。ロザリオには応急処置として修繕した箇所がいくつもあり、そこから蜘蛛の足のような黒い糸が飛び出していました。珠のひとつひとつが牛の角でできていて、長いあいだ毎日使っていたため、小さな珠は擦れて丸みを帯びていました。小珠十個ごとに配置された大珠は、長い年月を経て真ん中がすり減ってくぼみ、小さな黒い船のような形になっていました。このロザリオは、母の日常を、まだ見ぬ精神世界と結びつける架け橋となっ

INRI

ていました。目に見えないその豊かな世界は、雑多なことに毎日四苦八苦している母に、活力を与えていたのです。

母にとって神とは、親切で頼りになる存在でした。ただでさえ人生は苦悩に満ちていたのですから、神をわざわざ厳格なものと考えて畏れる必要はなかったのでしょう。だから、当時多くの人が考えていたような、冷たく融通の利かない神ではなく、母にとって神は、優しくて物わかりがよく、悩みを聞いてくれる存在でした。神はまた、自分の母である聖母マリアの助言にも耳を傾けている、母はそう考えていました。聖母マリアの言葉は、私の母にとっては絶対的なものでした。だから毎晩、腕白な子どもたちや、その場に居合わせた大人を台所でひざまずかせて、ロザリオの祈りを捧げていたのです。そうやって、騒々しい日常に平和と静けさ、それに法と秩序をもたらそうとしていたのでしょう。神と共に過ごす自分の時間に、子どもたちも同席させたいと思っていたのです。

母は、当時行われていた様々なカトリックの習慣を自分なりに都合よく解釈して、困難な生活を豊かにしてくれる精神的な基盤を作り上げていました。神は非常に物わかりの良い存在でしたし、人はみな善人だと考えていました。だから、たとえ欠けている部分のある人がいても、そういう不十分な点は本人の責任ではないと思っていたのです。父は、神についてのこの甘い考え方には何も言いませんでしたが、人という存在の捉え方に対しては、まったく異なる考えを持っていました。そして、人にはほとんど何も期待せず、いつも最悪の状況を想定していました。土地か金銭のやり取りをしてみなければ、人の本性はわからない、いつもそう言っていました。

　同じロザリオの数珠をずっと愛用していた母とは違い、父はロザリオを何度も失くしたり、必要なときに持っていなかったりしました。そのため、ロザリオなしで指を使って数えながら祈ることもありましたが、そんなとき、私たちに言うのでした。「ロザリオがなくたって、指さえありゃいいのさ」そして、祈りの一連*ごとに指の関節をポキポキ鳴らしました。子どもたちもロザリオを持っていませんでした――堅信式*にお祝いとしてもらうことが多かったのです。だから私たちも、指を使って数えながら祈っていました。父は、心を込めて祈っているというより、母にしぶしぶ従っているように見えました。それでも、家族と一緒に素直に床にひざまずき、母が「神よ、わたしの口を開いてください」と始めると、みんなと一緒に「わたしはあなたに賛美をささげます」と唱えました。それから母が「神よ、私を力づけ」と唱えると、私たちは「すみやかにお助けください」と後を続けます。そのあと「使徒信条」を唱え、それから母が「わたしは主を信じます」と言うと、一同が一斉にその後を唱えました。続いて「主の祈り」、「アヴェ・マリアの祈り」を三回、そして「栄唱」を唱えます。これだけのことを言ってはじめて祈りが始まります。ようやく、祈りの一連を唱える準備が整ったことになるのです。どの箇所で一斉に声を合わせるか、全員がちゃんと心得ています。ここまでは充分に練習を積んだリレー選手のように、どこで言葉を継ぐかわかっています。

何の変更もなくいつも同じように行われ、最後に母が「元后憐みの母」を唱えて締めくくります――ところが、その先、家族全員が迷惑を被ることがありました。というのも、母が想像力を巡らせて言葉をつなげていくからでした。

延々と続くその先の祈りでは、まず幾人もの聖人を褒め称え、私たちを助けてくれるよう、天国の門を通ることができるようにとお願いします。ところがある晩、聖人の名前を挙げている途中でつかえてしまい、頭が混乱してしまったようでした。同じ言葉を何度も繰り返し収拾がつかなくなっても、解決へ向かう兆しはまったく見えません。ついに、姉のひとりが口を開くと、的外れな提案をしたのです。「ネルソンの柱にお願いしてみたら」これを聞いたとたん、無遠慮な笑い声がどっと台所中にわき起こりました。それから、高笑いが収まる様子がないと見て取ると、父が助け舟を出し、いつものやり方で騒ぎを鎮めようと――ゲラゲラ笑っている人物めがけて帽子を投げつけたのです。わが家の法と秩序が完全に乱れてしまったあの晩は、父の帽子ミサイルが何度も発射され、ようやく平和を取り戻すことができました。

それから、苦しい生活を送っている隣人や、幸せとはいえない生涯を送った親戚のために祈ります。続いて、お願いをあれこれ並べ立てます。そして最後には、戦禍にあえぐソ連の人々がカトリックに改宗して幸せになりますようにと言って終わるのです。こんな具合に、母の祈りは、自分の国にとどまるものではありませんでした。

とうとう、あまりの長さに業を煮やした父がわざとらしく何度か咳払いをして、それでも効果がないとわかると、声に出してこう言います。「奥さん、明日の朝までお祈りしているつもりでしょうか」母の名はレナですが、父の我慢が限界に達すると、呼び方が「奥さん」に変わるのでした。この言葉が出ると、ああもうすぐ終わる、ようやく解放される、そう思ったものです。最後はいつも「聖母マリアの御加護を求む祈り」で締めくくられました。その後は各々が黙禱《もくとう》し、願いを聞き入れてくれそうな相手に、思い思いの頼みごとをするのでした。

家族全員が台所のあちこちで、座面が縄の椅子や木の腰かけ、窓枠の下の壁に体をもたせかけ、ひざまずいて祈っていました。ところが、祈りを捧げている最中に、椅子の取り合いになることがありました。膝を伸ばして、こわばった足の筋肉をほぐし、床のスペースを必要以上に占領しているきょうだいを隅に追いやるというわけでした。毎晩、まず父が帽子を脱いで、自分がもたれかかる椅子の脇の床の上に置いてスペースを確保します。それから私たちが、好き勝手に場所を選びました。ところで、父が帽子を脱ぐことはめったにありませんでした。うちでロザリオの祈りを唱えるときと教会へ行ったときだけで――つまり、頭をさらすのは神の前だけだったのです！　父がひざまずいたのを見届けてから、私たちが台所のあちこちで、椅子の前や横にひざまずきました。定位置は決まっていなかったので、誰もが、聖霊に導かれるままに膝をつきました。そのため、スペースの取り合いもよく起こりました。母は、全員が落ち着くまで、辛抱強く待っていました。それでも、安心するにはまだ早く、祈りを唱えている最中に、くすくす笑いの発作が沸き起こる可能性がありました。人を笑わせるのが得意な姉が、いちばんよく笑う相手に向かって、おかしな表情をしたりコミカルな動きをして見せたりするので、こみ上げてくる笑いをこらえようと、みんな必死になっていました。母は、法と秩序が戻るまでじっと待っていましたが、なかなか静かにならないと、いつもの父のミサイルがびゅんと台所を横切り、悪事を働いた張本人の耳に命中し、ようやく秩序が戻るのでした。

夏には、正面の窓の下にひざまずいて祈るのが、私は大好きでした。そこはいざこざに巻き込まれない位置でしたし、外の牧場で牛たちが体を横たえて餌を反芻していたり、穏やかに草を食べたりしている姿を見下ろすことができたのです。すぐそばの野原では子牛が駆け回り、一日の仕事を終えた馬たちが「ホースフィールド」と呼んでいた牧場で草を食んでいます。遠い向こうに望めるケリーの山々には夕陽が当たり、その色合いが少しずつ変わってゆくのを眺めていると、天国の門とは、いろいろなところに存在しているんだ、そう思えてきました。

あれから何十年もたちますが、家族に毎晩ロザリオの祈りをさせてくれた母には感謝しています。理由はともかく、一日の終わりに家族全員が集まり、常に騒々しいわが家に静けさがもたらされたのです。それに、台所でみんなと一緒にひざまずいていると、家族の一体感

を感じることができました。のちに実家から離れたあとも、家族と一緒に毎晩ロザリオの祈りを捧げていたことを思い出すと、気持ちが落ち着きました。実家の古い田舎家で母が繰り返す祈りの言葉は記憶に刻まれ、私の魂に完全に浸透していました。そして、後の人生でつらいことが起こるたびに現われて、温かい手のように私を優しくなだめてくれるのです。これは後でわかったことなのですが、突然誰かの死に直面したとき、ロザリオの祈りを唱えて同じ言葉を繰り返していると、気持ちの乱れがおさまり、取り乱した心に落ち着きが戻るようです。最近、実家で兄が亡くなり、お通夜でその息子が、ひざまずいてみんなを先導してロザリオの祈りをあげました。私は母を思い出し、感謝の気持ちに満たされていました。

訳注

ネルソン提督の柱――イギリス人の提督ホレーショ・ネルソン（一七五八年～一八〇五年）の業績を記念するため、一八〇八年にダブリンの大通りに建設された円柱。一九六六年、アイルランド民主主義者の私兵組織によって爆破された。

祈りの一連――ロザリオの数珠を繰りながら回数を数えて祈る。小珠十個と大珠一個で一連。

堅信式――カトリック教会で、すでに洗礼を受けている者が聖霊の賜物を受け、教会といっそう強固に結ばれるための儀式。

第六章　いつもの日曜日

私たちが使っていたカトリック要理*に、最初に書かれていた問いは「誰がこの世を創ったのですか」というものでした。その答えは「神がこの世をお創りになった」でした。七歳の私にとって、この世は不思議と喜びに満ちた、畏れ敬うべき場所でした。私は、夜、窓から顔を出して外を眺めるのが大好きでした。闇に包まれた牧場に月が光を落とし、遠くの地平線にたたずむケリーの山々を照らしていました。草の上を裸足で歩いて暖かさを感じるのは、本当に気持ちの良いことでしたし、草を暖めたその太陽が、緑の若草を黄金に輝く穀物にも育てるのだということを、頭で理解するというより、身体で感じていたのです。陽の光がさんさんと降り注ぐ牧場に子牛たちが初めて放され、喜び勇んで走り回る姿は、楽しい光景でした。こういう自然の驚異はすべて神がお創りになり、私も神によって創られたのだ——しくみはよくわからないけれど、父と母の助けを借りて——と実感したものです。だから、すべてをお創りになった神とは素晴らしい存在で、強大な力の持ち主に違いないと考えるのは、当たり前のことでした。

　神を心の底から信頼している母のもと、学校でカトリック要理を学び、頭の片隅には常に教会の存在があったわけです。教えられたことは、疑うことなくそのまますべて受け入れても、何も不思議はない状態でした。ところが、そうはならなかったのです。当たり前と捉えられていた習慣に対して、父が皮肉な態度をとってバランスを保っていたからです。当時、教会で行われていた儀式のいくつかを、正気の沙汰でないと言い放ち、こっちの教会とあっちの教会で優劣はないと、私たちに言い聞かせたのです。神はこの世をお創りになるほど賢いのだから――これは父も否定しませんでした――だったら、うちの教会が考え出した規則のいくつかを、神が認めるはずがないというのです。父が常々言っていたことは、神が私たちに授けたきまりは十戒だけなのだから、権力を持つ者が頭を働かせ、力の行使をほどほどにしておけば、世界はこれほど複雑にはならない、ということでした。

　常に持論を唱えていた父も、日曜の午前にはポニーを軽馬車につないで家族全員を乗せ、ミサに連れて行くのでした。教会に対して批判的な考えを持っていたから父は時間に遅れがちで、母は時間に間に合うよう急いで行こうとする、そう思われることでしょう。ところが、その反対でした。十戒のうち第三戒にまじめに従っていた父は、「主日*は守らなくてはならんぞ」と子どもたちに言い聞かせていました。そして日曜の早朝、乳搾りを終えると、仕事モードのスイッチを切ります。そのあとは農作業をしないで釣りに出かけるのでした。宗教的な意味はさておき、人はみな休息をとる必要があると考えていたのです。日曜に牧草の刈り入れ仕事をするのは、夏のあいだ平日に雨が降ったときだけでした。

父は、日曜の朝の食卓で、子どもの頃の話をして私たちを楽しませてくれました。私が覚えている限り、父が歌を歌ったのはこのときだけで——椅子が後ろに傾くほどのけぞって、声を張り上げて『沼の古道』を吟じたものです。決してうまいとはいえないので、吟ずるというのが、その行為を言い表すのにちょうどよい表現でした。それからラジオをつけ、大好きなＢＢＣ放送に周波数を合わせます。そして私たちに、イギリス国教会の礼拝放送を聞くようにと言うのでした。どのみち同じたぐいの話を、後でミサでも聞かされるというのに。

朝食が終わると、恐怖のかみそりの儀式が始まります。殺人兵器のごときその名が、その行為のすべてを物語っています。まず父は、棚に置いた食器の後ろから、ひげそり用の器を取り出します。聖杯のような形をしたその陶器にぬるま湯をなみなみと入れ、棒状のひげそり用せっけんとブラシをそこに浸してから器用に動かして泡をたてると、その泡を自分の顔に塗りたくり——殺人兵器を動かし始めるのです。ちょっとでも手元が狂えば、致命的な傷を負うかもしれません。けれども、長年の経験を積んでいるので、あごのカーブから顔の隅々まで安全にかみそりを動かしていました。この任務が実行されている間、周りの床は真っ白な雪野原のようになっていきました。父は、後片付けは子どもがするものと考えていたので、私たちは本当にイライラさせられました。

次に二階に姿を消すと、しばらくして、ミサ用のスーツにいちばん上等な帽子というい でたちで父が現われます。そして階段のいちばん下の段に腰をおろし、ゆっくりと手を動かしながら柔らかい革製のブーツを履くのです。短靴を履くことはありませんでした。父がブーツを磨いたことは一度もありませんでしたが、考えてみると、わが家の他のメンバーもまったく靴を磨かないのです。というのも、住み込みの靴磨きがいたからです——それはなんと、私でした！ うちでは全員が仕事を分担していました——屋内の仕事と屋外の仕事、毎日するものと週に一度でよいものがありましたが、私はどれも好きではありませんでした。雑用をしなくて済めば人生はずいぶん楽になるのに、そう思っていたのでした。しかし父は、十六歳までに仕事をする習慣を身に付けなければ、人として使い物にならない、という考えの持ち主だったのです。それに、家族の代わりに雑用を引き受けてくれる人などいないので、雑用は生活の一部になっていました。鶏や豚、子牛に餌をやったり、牧場から牛を集めてきたりするのが毎日の屋外の仕事で、年かさのきょうだいは乳搾りを分担していました。家の中で毎日する仕事は、食器洗い、床磨き、夕食用に食卓を整えることなどでした。たいていは、年かさの姉と幼い妹という具合に、二人組で仕事をしていました。仕事は交替制でしたが、週に一度でよいものの中には固定されている仕事もありました。そういうわけで、私は、毎週土曜の夜に靴を磨いていたのです。階段のいちばん下の段に腰をおろし、床に新聞紙を広げると、先の部分が欠けたナイフを手に全員の靴についた汚れをこそげ落としていきます。

それからピカピカに磨き上げ、終わったものを小さな靴から大きな靴へと一列に並べます。それを眺めると、我ながらよくやったと言い知れぬ満足感を感じるのでした。仕事をやり遂げたという達成感に満たされたのです。父は、なんとなく子どもの心理を見抜いていたのかもしれませんね！

さてブーツを履き終わると、ミサに出かける準備が整いました——でもまだ、父ひとりだけです。なにしろ五人も娘がいましたから、「女を待っていると、人生が終わってしまう」と、常に不平を口にしていたほどです！　家族の中では、なんといっても母が、遅刻の常習犯でした。母が階下に降りてくるのを待っている間に父の機嫌はどんどん悪くなり、ついに階段の上に向かって大声を張り上げます。「奥さん、ミサに行くのは今日でしたでしょうか、それとも来週の日曜でしたでしょうか？」母は落ち着いた様子で降りてくると、帽子をかぶりハンドバッグにこまごまとしたものを詰め込みます。そしてみんなが軽馬車に乗り込むと、ポニーが出発しました。軽馬車で出かけるのは、夏の間はとても気持ちが良いのですが、冬はそのときどきの天気によって凍えるほど寒かったり、ずぶ濡れになったりしました。道が凍結しているときなど、ポニーが足を滑らせ、乗っている全員が頭から地面に転がり落ちるという危険さえありました。

町に到着すると、まずデニーベンの布地屋の裏庭へ行きます。私たちが戻って来るまで、ポニーを他の馬と一緒に木の下につないでおくのです。それからみんなで教会へ向かいます

が、男女が別々の入り口から中へ入りました――座席が男性用と女性用に分かれていたのです。男女混合の座席になっていたのは、聖歌隊席とその付近の座席だけでした。祭壇のすぐ前の横一列は男性用とされていたので、以前は男性でほぼ一杯でした。ところがしだいに、裏口の付近まで下がって腰かけて良いと考える男性が多くなりました。そのため、ある熱心な司祭は状況を改善しようとやっきになりました。そうしないと、誰もいない席に向かって説教をすることになるからでした。男女別に腰かけることになった理由はわかりませんが、当時はそれが普通でした。私たち子どもは、母と一緒に女性用の脇の席に坐りましたが、そこに腰かけようとする男性はいなかったのです。その席からは、向こうの男女混合の座席を見渡すことができました。当時、女性は帽子をかぶってミサに出席していたので、私たちは様々な形の帽子を眺めて楽しんだものです。また、一風変わった服装の女性がいると、アメリカの親戚から小包が届いたのだとすぐにわかるのでした。

ミサはラテン語で執り行われ、聖歌隊が聖歌を歌いました。説教は、あまり良くなかったり、良かったりしましたが、ときには、大変良いこともありました。供え物の準備が整ったことを告げる鐘の音が聞こえると、会衆者のあいだに期待が高まりました。パンを供える祈りとカリス*を供える祈りの間は、ピンが一本床に落ちても聞こえるほど静まり返ります。この儀式を見ていると、私の理解を越えた何かが行われているのだ、という不思議な気持ちになりました――のちにカトリック要理で「聖変化*」について学び、この世には説明のつかないことが確かにあるのだ、と実感したものです。ミサでは神秘的なことが起こっている、そう考える気持ちは、今も変わりません。

ミサが終わると、みんな黙ったまま出口へ向かい、外へ出たところで、母が教区の知人女性に出くわすと、長いおしゃべりが始まります。男性陣は教会の門の外に寄り集まって、教区のことや農作業について立ち話をしていました。それから、話の先を続けようと、通りの隅へ移動するか、近くのパブへ行くのです。私たちは母と一緒におばの家へ行き、紅茶とリンゴのタルトをご馳走になりました。そのあと商店街へ向かい、そこで母が週に一度の買い物をします。デニーベンの布地屋は素晴らしい店で、布地だけでなく、男性用、女性用、それに子ども用の下着からコートまで、何でも売っていました。そこへ行けば、雨でも雪でもあられでも、よく晴れていても、その天候にぴったりの身支度を整えることができたのです。コートやワンピース用の布地、その他にもあらゆる種類の服を作るための生地を、大量に取り揃えていました。買い物をしながら、母はデニーベンとずっとおしゃべりしていました。自分の家族のことだけでなく、教区中の人々の親類縁者の消息を確認したり、先祖をさかのぼって昔の話をしたりしていたのです。デニーベンは教区の住民ひとりひとりを良く知っていましたし、教区でデニーベンを知らない人はいませんでした。また、この店で布地を買ってから、仕立て屋に行くこともありました。それは、母が新しいコートや洋服を仕立てたり、私たち子どものひとりにコートを作ったりするときでした。でも、私たちがコートを作ってもらうことなど、めったにないことでした。というのも、何でもおさがりで済ます時代でしたから。一着のコートは何度も生まれ変わり――袖を出したり、丈を詰めたり、最後には布を裏返したりして着たのです。つまり、十分に元が取れたというわけです！

必要な買い物を終えると、母は、町はずれにあるクローニン夫人の精肉店へ入っていきました。買う前に長々といろいろなことを質問していました。わが家でも、家畜の豚や鶏を殺して食べることはありました――それを「新鮮な肉」と呼んでいました――でも、家畜は大切な稼ぎ手だったため、これはめったにない大変なぜいたくでした。普段はこの精肉店で肉を買っていたのです。母が交渉している間、私たちはクローニン夫人の台所で調理用暖炉の脇に腰かけて待っていました。

ようやく母の用事が済むと、きょうだいのひとりが父を呼びにパブへ行かされます。運よく、父の友人がいい気分になっていると――お駄賃をもらえることがありました――金額は一ペニーから六ペンス硬貨まで、そのときによって異なりましたが、奇跡的な幸運に恵まれると、なんと二シリング硬貨ももらえることがあったのです！

それから家路につきました。道すがら歩いて帰る隣人に出会い、軽馬車に乗せてあげた方がいいと母が判断すると、すぐに私たちのひとりを馬車から降ろして歩かせました。歩くことになった子どもは、坂道を登っていくポニーに遅れないようにしながら、家までの道に据え付けてある七つの門を開く役目もさせられました。いつもなら、誰が軽馬車から降りて門を開くかで言い争いになるのですが、このように言いつけられていれば、争いにならずに済みました。門は、家畜が他の牧場へ入って行かないようにするために取り付けてあったのです。

家に到着すると、母が「ティーディナー」と呼んでいた食事を取りました。冷たい肉と一緒に、日曜日だけ食べさせてもらえるスポンジケーキかロールケーキをいただくのです。それから、ゼリーにカスタードを添えるか、そうでなければ生乳から分離したクリームをかけて食べました。日曜には、手の込んだ料理はしないのです。だって、休息日なのですから。わが家では、一家の主婦も仕事を休むのでした。

訳注
カトリック要理——キリスト教の教理を平明に記した入門書。カテキズム。
主日——日曜日。
カリス——ぶどう酒を入れた聖杯。
聖変化——カトリック教会のミサで、パンとぶどう酒がイエス・キリストの体に変化すること。

第七章　**裁縫箱**

「おおミシンよ、ミシン
女の子の良き友
このミシンなしでは
私は何もできない……」

ラジオから聞こえてくるベティ・ハットンの威勢のいい歌声には、楽器の伴奏はありません。そのかわり、ハイスピードで動くミシンの音が、背後で調子よくリズムを刻んでいるのです。私たち姉妹には、ミシンの音だとすぐにわかりました。というのも、母がせっせと踏むミシンの音と同じだったからです。それは、私たち姉妹の気持ちをしっかりと結び付けている音でした。うちの家族全員の服を、母と祖母が縫っていました。当時は、どの布地屋でも、棚いっぱいに布地や毛糸が並べられていました。中でも、デニーベンの店は、まるで財

The Singer Manufacturing Co.
SINGER

宝がぎっしり詰まったアラジンのほら穴のようでした。棚の上の方には、巨大な布地を巻いたロールが並んでいます。デニーベンが高い脚立を登り、一反を手に取って下に落とすと、幅広の木製のカウンターに布地がドサリと音を立てて着地します。それからデニーベンが、布のロールを見事な手さばきで広げると、布地はカウンターの上をころがり、脇へと落ちていくのです。それぞれの生地が、異なる香りを放っていました。まるで、店にたどり着くまでの歴史を物語っているようで、私はその香りを吸い込むのが大好きでした。カウンターの隅の、手の届く位置に真鍮の巻き尺が据え付けてあり、客が注文した布の長さを図るのに使われていました。

私たち姉妹用の、暖かいペチコート付きスカートを作るため、母は、灰色のフランネルを何ヤードも買いました。それに、シャツを作るのにぴったりな、柔らかい白い綿フランネルも買いました。家の中には暖房設備などありませんし、学校は冷凍庫のように冷えていたので、暖かい肌着は必需品でした。寒さに立ち向かうには、厚手の服を重ね着するしか方法がありませんでした。デニーベンの店には、毛織物でできた肌着やブルマーの入った段ボール箱がいくつも置いてありました。気温が零度を下回る朝、歯をガチガチ鳴らしながら、ベッドの暖かい毛布の下から起き上がってリノリウムの床の上へ跳び下りると、この店で求めた暖かい下着をすぐさま着こみます。肌着は長袖でしたし、ブルマーのウエストと裾にはゴムが入っていたので、お腹から膝まですっぽりと包み込むことができました。ブルマー（ニッカー）の色は、ピンクか青でした。「ニッカーピンク」という色は、ここから来ているのです。ペチコートを履く前に、まず、胴着と呼んでいたものを身に着けました。これは、両面編みのニットでできていて、上半身にぴったりフィットしました。下半身を暖める役目はブルマーが担いました。その上にペチコートを履き、それから服を着るのです。母は、フロックと呼んでいたジャンパースカート——袖なしで上下が一続きのスカートで、セーターやブラウスと組み合わせて着るもの——を作るのにも生地を買いました。フロックを着て、黒い長靴下をブルマーのすぐ下まで引き上げてから、靴下留めでしっかりと留め、その上にブルマーの裾を下ろしてかぶせます。そうやって冷たい北風がその部分に入り込むのを防いだのです！

デニーベンの店では、私たちきょうだいが履くための、男児用の黒い革製のブーツも買いました。実のところ、牧場を横切って歩く通学に耐えられるのは、その丈夫なブーツだけだったからです。真新しいブーツを履く前に、父が、念には念を入れてつま先とかかとに金具をつけ、さらに丈夫にしてくれました。これだけ装備を整えてから、冬用の長いコートで身を包みます。どのコートも着古したものでした。私の通学用コートは、はじめは姉がミサに行くのに着ていたもので、その後、もうひとりの姉の通学用になりました。私のもとへ下りてくる頃には、たいていのおさがりは寿命が尽きる寸前でした。前の章にも書きましたが、当時は「おさがり」が当たり前でしたから、こんな質問をよく聞いたものです。「それ買ってもらったの、それともおさがり？」天気の悪い日には、重装備に加えて雨をはじく帽子もかぶりました。アメリカから小包が届くと、通学の装いに鮮やかな色彩が加わることもありましたが、残念なことに、送られてくるものはたいてい夏物でした。

夏はまったく新しい世界への扉を開きます。重ね着の季節が終わるのです。防寒用の服装を脱ぎ捨てたくてたまらないのですが、母にこう言い聞かされていました。「五月が終わるまでは、まだ着ていなさいね」それでも、黒い長靴下を放り投げ、ベッドの下にブーツを押し込んで、少しずつ身軽になり、夏用の薄い服装になっていきました。夏の間に着ている服を、私たちは「アップダウンドレス」と呼んでいました。これは、母がミシンを走らせて縫ってくれるのですが――頭と腕を出す部分を除いて、布の両脇に沿ってミシンの縫い目を上から下へアップダウンさせれば、もうできあがりです！ ブーツを脱いで裸足になると、何ともいえない解放感を感じたものです。学校へ向かう途中、朝露に濡れた足でぬかるみの中を走り抜け、ジャンプしてホカホカの牛の糞の上に着地します。朝いちばんに足裏健康法を行っているようなものでした！ 夕方、家に帰る道すがら、牧場の間を隔てる小川の中へジャブジャブと入り、足の親指で恐る恐る、生まれたてのカエルの卵をつついてみます。すると、川床から湧き上がる泥が、足指の周りに煙のようにまとわりつくのでした。私たちにとって、登下校の道中は、多くを学ぶ場であり、冒険に満ちた世界でした。

ある隣人が、私たちにセーターを編んでくれました。わが家がある地区には、編み物名人が何人かいて、長い間坐りっぱなしで編み針をカチカチ鳴らしていました。ケーブル編みもダイヤ柄も、ややこしいフェアアイル編みも、何でもお安いご用と編んでいきます。編みながらおしゃべりしていても、何針編んだか数える必要もありません。学校で編み物を習いはじめてみると、名人たちがいかに素晴らしい才能の持ち主かよくわかりました――そして、それまでごく当たり前だと考えていた編み物が、にわかに、とても難しい技術に思えてきたのです。この人、どこから見ても凡人なのに、この神秘的でややこしい技をどうやって身につけたのかしら？　平凡な女性たちが、突如としてスーパーウーマンに見えるようになってしまいました。

一方学校では、毛糸と格闘する十歳児がずらりと並ぶ教室で、気の毒にも先生は、女児たちの汗でべとべとの手をしっかりとつかんで指導しようとしていました。子どもたちは、鋭く固い金属製の編み針を上へ下へと動かして毛糸をぐるりと回すのですが、針はなかなか正しく動いてくれません。同じ動きを延々と繰り返すうち、編み目が外れて穴ができ、正体不明のもつれた毛糸のかたまりができあがっていきます。平編みと裏編みの整然とした列が並ぶはずなのに、ガタガタの編み目になってしまい、ほどかなくてはなりません。初めて編み物を習った日にこの危機に直面した私は、近所に住む編み物名人に尊敬のまなざしを向けるようになりました。

生徒たちがようやく平編みと裏編みができるようになると、先生は次に、かかとのカーブの作り方とつま先の閉じ方を教えようとしました。私にはとうてい無理な技でした。一方、編み物名人の家で、その人が驚くべき速さで靴下を編み終わり、次に手袋を仕上げるのを、私は畏敬の念をもって見つめていました。名人は喜んで教えてくれたので、私は彼女と一緒に何時間ものあいだ毛糸をほどき——文字通り、何時間も——かかとのカーブを作ったり、つま先を閉じたりという、ミステリアスな作業を続けたのでした。また、うちの隣の農場に花嫁としてやって来た女性は、鍋の中身が煮えるまでの間に、かぎ針編みや刺繍で美しい作品をひとつ仕上げてしまうのでした！　素晴らしい腕前に、すっかり感服したものです。

学校では、編み物のほかに裁縫も学習内容に含まれていました。教室の隅に大きな戸棚が置かれていて、その中に、私たちの裁縫箱が積み重ねてありました。ほとんどがブリキの箱でした。戸棚の中ではネズミが走り回っていたので、夜中に型紙をかじられないようにするためでした。裁縫箱のふたに描かれていたのは、バラの咲き乱れる庭園をフリルのドレスを着た巻き毛の少女が歩いているところや、エドワード朝の貴婦人たちの優雅な立ち姿でした。それは、月面に着陸した人ほどに、私たちの住む世界からかけ離れた世界に住む人々でした。週に一度の裁縫の時間になると、そんなブリキの箱を取り出してきました。けれども、私たちの心は、ふたの柄よりむしろ、裁縫箱の中身にひきつけられていました。

裁縫箱に入っているのは、縫い針にかがり針、糸巻きが二つほど、指ぬき、それに縫いかけの作品でした。作業が早ければ、縫いあがった作品が入っていることもありました。裁縫

の時間には、仮縫いにすそ上げ、コバステッチ、それに「折り伏せ縫い（ランアンドフェル）」を習い――この「折り伏せ縫い」のしくみが、私には、いまだにまったくわかりません。ランアンドフェル（走って転んだ）だなんて、クロスカントリーレースを想像しますよね！　いろいろな縫い方ができるようになると、次はボタンの穴かがりへレベルアップします。ややこしい技術ですが、試行錯誤を繰り返しているうちに、なんとかできるようになりました。その次は、どういうわけか、ブルマーを縫うという複雑な作業に取り掛かりました。母がデニーベンの店で、そのための布地を買ってくれました。遊んでいる子どもが描かれた、なんともかわいらしい木綿の布でした。子どもたちの様子が微笑ましくて気に入っていましたが、はじめから、外へ出て遊ぶことのできない運命にある子どもたちだったのです。作っているあいだに、なぜか、足を動かしやすくするために必要なまちを付けるのを忘れてしまったからです。だから、子どもたちが裁縫箱から出ることはありませんでした。長い年月が流れたあと、私はそのブルマーを実家の屋根裏で見つけ、なつかしく手に取りました。

裁縫の授業では、「縫いかけのもの」を汚さずに保てるかが悩みの種でした。というのも、足指の間にはさまった砂を手でかき出したり、クロイチゴを摘んだり、ヒナギクの首飾りを編んだりしたというのに、手を洗う水道などない時代でしたから。そういうわけで、できあがったものが何なのか判別できるのは、奇跡的なことでした。

裁縫の時間に学んだ中で、ひとつだけ楽しかったのは、繕い物でした。大きな穴の上に布と同じ色の毛糸を何本も渡し、次に、その毛糸の間に同じ毛糸を垂直に通していきます。だんだん穴がふさがっていくと、言いようのない満足感を感じました。わが家では、母が暖炉脇の椅子に坐り、何時間もかけて靴下やセーターを繕っていました。修繕したものをたたむ母の満ち足りた気持ちが、私にもよくわかりました。

第八章　炉ばた

みなさんは、ＡＢＣを覚えていますか？　いいえ、文字の世界へ入るためのアルファベットのことではありません。暖炉のすぐそばの椅子に長時間腰かけていると、素足の表面に網目のような跡がくっきりと残ってしまう、あのＡＢＣ＊のことです。近づきすぎるとＡＢＣができてしまうのですが、それでも、家族全員が暖炉の火に引き付けられ、そうすると暖炉は、私たちを暖かく包み込んでくれるのでした。その上、暖炉はいろいろな仕事をしてくれました。料理をしたり、家を暖めたり、社交の中心ともなり、みんなの心を慰めてもくれるのです。しかも、いちにち二十四時間、週七日、一年五十二週の間、ずっと働き続けてくれます。台所の中心であり、冬には、家じゅうの中心的存在になりました。わが家を訪れる人はみな、暖炉の近くに椅子を移動させ、心地良く燃える火で体を暖めました。暖炉は、一方の壁の端から端まで渡っていたので、かなり広い空間を暖めることができました。そして、暖炉脇にひとりで坐っていても、誰かと一緒にいるように感じました。それは、薪と泥炭の間で燃え

SWEET

盛る炎の中にいろいろな形が浮かび上がり、語りかけてくるように思えたからです。暖炉は、一緒にときを過ごすのに理想的な連れ合いでした。常に燃え続け、家庭生活の中心で、その周りで家族みんなが生活し、互いを思いやり、多くを学び、読書をしたりけんかをしたりして、成長していきました。

一年中絶えることなく燃え続ける火は、家族の心のよりどころでした。だから、次のような習わしが生まれたのでしょう。家族全員で別の土地へ移住することになると、その家の暖炉の火を完全には消さず、火種をほうろうのバケツに入れるかシャベルですくい、牧場を横切って近所の家の暖炉まで運びました。そこでまた、火は燃え続けたのです。このようにすると、一家の中心は生き続けると思うことができますし、のちに家族の誰かが故郷に帰って来ることになったとき、自分の家の火をもう一度燃やすことができました。そうやって、移住に伴う悲しみを和らげていたのでしょう。当時は、移住すると、普通は、二度と戻らないものだったのです。

昔ながらの暖炉は、壁をくり抜いた中に造りこまれてあり、そのすぐ脇に、腰かけることのできる小さな台が作ってありました。そこは、火のすぐ近くにあるため、本当に熱くなる席でした。夜がふけ、火が、心地良い暖かさを通り過ぎて熱くなりすぎると、汗をかきながらその台に坐っていた人も、ついに耐えられなくなって退散します。台のすぐ脇の上には、「ホール」と呼ばれる四角い小さな、それでいてかなり奥まった横穴がありました。そこには、紅茶の缶とマッチが置かれ、一家の大黒柱が愛用するパイプが納まっていることもありました。火をはさんで「ホール」の反対側には、縦に据え付けたふいごがあり、火加減を調節するのに使われました。ふいごの下の床には穴があいており、そこから空気用の地下のトンネルが走っていて、暖炉の火の下の灰落とし穴につながっていました。ふいごを回してこのトンネルから空気を送ると、その動きに合わせて暖炉の火が踊り上がります。ふいごには大きくて丸い鉄のハンドルがついており、それが、革ひもで小さな車につながれていて、バランスが保たれていました。ふいごは、バランスさえ崩れなければ、通気口から素早く空気を送ることができました。単純な作りですが、とても役に立つ道具だったのです。ただ、バランスが崩れて革ひもがすべってはずれると、動かし手はやきもきさせられました。そんなときは父の出番で――イライラしながらもふいごを調整し直します。しばらくすると、革ひもと車が微妙なバランスを取り戻し、ふいごも、動かし手も本調子に戻ります。そして、忍耐強さを持ち合わせていない、わが家の修理人にも平和が訪れるのでした。ときどき、ふいごがどうしても協力してくれないことがあると、修理人は、口に出すのがはばかられるような罵り言葉をふいごに浴びせていました！

火の下の灰落とし穴にたまった灰は、毎朝火を大きくする前にかき出しました。前の晩に、火床の両脇へ熾火《おきび》を寄せて置きます。下の穴から吹き込む風にさらされないようにするのです。そして、熱をもったその熾火を熱い灰で覆い、夜の間に消えてしまわないよう、いぶしておくのです。

すると、朝になってもまだ熾火はくすぶっています。長い火ばさみを使って、灰落とし穴から鉄製のふたをはずします。このふたには穴がいくつも開いていて、ふいごの風が下から吹き込んでくるよう、それに、ふたの上の灰が下へ落ちていくようになっていました。ふたを、きちんと機能を果たす状態に保つため、ときどき鍛冶屋にみてもらいました。火が付いたままの灰が下に落ちていくようになると、古びて使い物にならないと判断され、鍛冶屋が新しいものに交換してくれました。

灰落とし穴にたまった灰は、小さなブリキの缶か、あるいは欠けてみすぼらしくて食卓では使えないマグカップでかき出しました。穴の中にはまだ熱がこもっているので、指に火傷をしないよう、マグカップを慎重に動かしました。それからふたをもとの位置に戻し、その上に火の消えた燃え殻をかぶせて火床を作ります。そこに熱をもった熾火を乗せ、小さくひねった新聞紙と、もしあれば、アイルランド語で「キピーン」と呼ぶ乾いた小枝、それに、よく乾いて柔らかい泥炭で周りを囲みます。こういうものがないときは、納屋から乾いた干し草を持ってきて使いました。火がなかなかつかないと、新聞や干し草の玉に点火するため、大切にしまってあるマッチを取り出してきて使うことになりました。それから、ゆっくりとふいごを回し、くすぶっている火に空気を送ると明るく燃えてきて、しだいにしっかりとした炎になっていくのでした。

火のついた干し草が、青や黄色や赤にきらめき始めたときのにおいが、私は大好きでした。それから、周りに置いた泥炭や薪に火が移って大きくなると、やかんで朝一番のお湯を沸かす準備が整います。暖炉の火は、今日もまたパチパチと燃え、台所や農場の仕事が始まるのでした。

暖炉の手前には自在かぎが片足で立っていて、そこに、やかんや鍋、釜がぶら下がっていました。自在かぎは職人技を凝らした芸術作品ともいえる道具で、様々な芸当をしてみせました。ぐるりと回る一本足でバレリーナのようにバランスを取っていて、必要なときは回して手前に持ってくることができました。長い腕が火の上に横に伸びていて、そこから鉄の平らな吊り手が二本ぶら下がっています。頑丈な方の吊り手には重い鍋を吊り下げ、もう一方は軽い鍋とやかん用でした。自在カギには長いハンドルが付いていて、これを動かして吊り手の高さを調節することができました。吊り手にはいくつか穴があいていて、ちょうど良い高さでその穴に鉄製の杭を差し込んで固定します。それから、平らな吊り手の先のフックに、今度は、弓形の鍋ハンガーを引っ掛けます。鍋ハンガーは両端がカーブしていて、その部分が鍋の取っ手にちょうどはまるようになっていました。ハンガーの先に鍋の両脇の取っ手を引っ掛けて、火の上に吊り下げます。調理用暖炉で料理をするときは、まず最初に、この吊り手の調節方法をマスターしなくてはなりませんでした。熱湯でいっぱいのやかんや鍋は、慎重にバランスを取る必要がありました。注意を怠ると大参事に見舞われ、両足に火傷を負ってしまいます。それに加えて、足つき鍋は上手に火を当てないと、ケーキに焼き色がつかなかったり、焦げ付いたりしたのです。一家の主婦は、料理人であるだけでなく、エンジニアとしての腕も持ち合わせていなくてはなりませんでした。真っ黒な調理道具は重い鋳鉄でできていたので、健康で腕力が必要で、手先の器用さも要求されました。つまり、頑強な女性でなければならなかったのです。大地をしっかりと踏みしめて立つ主婦には、このような資質――父は「優れた才覚」と呼んでいました――が必要で、これは知能とはまた別の能力でした。

一家の主婦の真っ黒な調理道具の中に、大きなやかんがあり、親戚が集まったときや農作業を手伝ってくれた隣人たちがうちに来たときに使っていました。小さなやかんは、数人でお茶を飲むときに使いました。母はいろいろな鍋を持っていました。いちばん見栄えがするのは、巨大な下ぶくれのおばけのような鍋で、「豚用の鍋」と呼んでいました。この鍋で、家畜の豚に与えるジャガイモをゆでるからで――というのも、食卓に出すのにふさわしくないジャガイモは、豚の餌にしていたからです。巨大な豚用の鍋は、まず、火の前にある板石の上に置きました。自在かぎをその上に移動させ、大きな吊り手の先の鍋ハンガーに、鍋の両端の取っ手を引っ掛けてから、火の上へと動かしました。鍋の黒い底を熱い炎がチラチラなめ、お湯が沸きます。ジャガイモの角が崩れ始めたら、自在かぎをまた手前に動かし、麻袋を広げたブリキのバケツに、こぼさないように鍋の中身を空けます。すると、ジャガイモが袋の中にゴロゴロと落ちていきます。熱湯がこぼれて流れ出さないように、バランスを取りながらタイミングよく行わなくてはならない作業でした。空になった豚用の鍋は台所の隅に置き、食べ残しが出るとそこに投げ入れました。だから、食べ物を無駄にすることなどありませんでした。

少しだけ小さくて、それでもかなり容量のある鍋がひとつありました。その鍋は、洗濯の日にお湯を沸かすのに使いました。それから、ジャガイモ用の鍋もありました。これは、先のふたつの兄貴鍋より小さめですが、それでも相当大きなものでした。毎日、ジャガイモをたくさん入れてゆで、午後一時の昼食に食べました。健康的な食事のとり方とは――王様のように朝食を食べ、富豪のように昼食をとり、乞食のごとく夕食をいただくことだといいます。さらに、家族に必要な以上にジャガイモがあれば、同居する拡大家族、つまり犬、鶏、豚たちに与えました。祖母が常に口にしていた信条「無駄をしなければ、不自由することはない」は、口先だけの言葉ではありませんでした。

その次の弟鍋は、真っ黒でベーコンキャベツ*を作ったり、カブを煮たりするためのものでした。こういうお決まりのメニューの材料は、すべてうちの農場で収穫したものでした。食べ物はほとんど自家栽培していたのです！　ベーコンキャベツを作るときは、まずベーコンを鍋に入れ、それが煮えてしまうと、火の上でぐつぐつと明るい音を立て湯気を上げているその鍋に、キャベツを投入します。そのすぐ隣ではジャガイモが煮たてられていて、ゆっくりと皮がむけていました。台所は、夕ごはんが近いことを告げるにおいでいっぱいになり、においはふわりと庭へ出ていきます。晩ごはんのおかずの中身を告げるそのおいしいにおいが、外にいる家族を引き寄せます——とはいえ、実のところ、献立を告げる必要などありませんでした。だって献立はほとんどいつも同じでしたから。食欲をそそるソースなどいりませんでした。コールマンのマスタードをひとたれ落とすだけで充分だったのです。

春になると、鍋の中身がキャベツから、まずそうなイラクサに変わることがありました。イラクサは血液をきれいにすると、母が考えていたからです。食後にデザートが出ることなどほとんどありませんでしたが、珍しく食べさせてもらえることがあると、牛乳缶から上澄みのクリームをすくって、ライスやセモリナ、タピオカにかけたものでした。夏の終わりになると、うちの木になるリンゴをとろ火で煮たり、ゆでたり焼いたりして食べました。これは、リンゴの季節が終わるまで楽しめました。

序列の次にくる鍋は、小さくて小生意気なスキレット鍋です。そう聞くと、スキレット鍋の歌を思い出しませんか——「小さなスキレット鍋で　うちの母さん　コルカノン*を料理する」美しい形の小さな鍋で、いつもは献立に上がらない鶏肉をゆでたり焼いたりして、ちょっとしたごちそうを料理するとき出番になりました。私もひとつ持っていますが、庭のリンゴの木の枝に置いてあり、そこでクロウタドリがのどの渇きをいやしたり、翼に水をかけたりしています。この鍋は、私が生まれる前に作られたものだと思いますが、私とは違って、くたびれた様子などおくびにも見せません。このように、わが家にある鍋は、代々何人もの人間が使ってきたものです。

母は、足つき鍋をふたつ持っていて、その鍋で毎日の食事を調理しました。大振りな足つき鍋で丸い大きなブラウンケーキをふたつ焼き、家族や手伝いの人に食べさせました。スグリのケーキも焼いてくれることがあり、リンゴが木に鈴なりになると、ぜいたくなことに、大きなリンゴのケーキを焼いて食べさせてくれました。小振りな足つき鍋は、ときどきローストビーフを作ったり、ベーコンエッグを作ったりするのに使いました。この用途では、大きくて重いフライパンが力を発揮することもありました。また、果物の缶詰の空き缶で卵をゆでることもありました。それに、ブリキのやかんに紅茶を入れ、火の脇の炭の上に置いて煮出していました。こんな風に暖炉の火は、大勢の人の腹を満たしていました。そして、一家の主婦は、その暖炉を巧みに使いこなしていたのです。

夕食の支度を済ませ少し落ち着くと、一家の主婦は暖炉脇の椅子に腰掛け、編み物か縫い物、でなければ繕い物を始めます。頭上の壁から下がるオイルランプの光の下で、彼女は継ぎあてをしたり、繕ったりして、家族の絆もつなぎ合わせていました。そして、夕食が終わると、その作業を再開しました。これはだいたい午後七時ごろで、牛の乳搾りも終わっていて、家族や隣人たちが暖炉の周りに集まっている頃あいでした。そんなとき、炉ばたは集会所になりました。そこで新聞を読む者もいます。一家の主人が、みんなに読み聞かせること

WEXFORD

もありました。家族が支持する政党により、読んでいる新聞は異なりました。それでもコークでは、地元紙の『エグザミナー』が幅を利かせていました。新聞に載っている世界のできごとについて、大人はあれこれと議論を交わし、子どもたちは宿題をしていて、一家の主婦はランプの下に腰かけたまま、この騒ぎを静めようと声を張り上げました。

金曜の晩は、頭を悩ます宿題もなかったので、私たちはトランプをして遊び――誰かが怪談話をすることもありました。悲鳴を上げて怖がりながらも、喜んで聞いたものです。でも後で、そんな話を聞いたことを後悔しました。怖くて眠れなくなったからです。ベッドに入る前に、温かいココアを一杯飲ませてもらうことがありました。パンを柄の長いフォークに刺し、暖炉の中の輝く炎にかざしてトーストを焼くこともありました。泥炭を燃やした火で焼くと、この上なくおいしいトーストができあがりました。それから、年下の子どもから順にベッドに入っていきます。足元を照らすのに、燭台に差したろうそくを持っていきました。ベッドの中で本を読み始めますが、目が疲れてくるとおしゃべりを始めます。そして、少し前に聞いた幽霊の話を思い出しては、怖さにまた身震いするのでした。

母は、台所でひとりきりになると、暖炉の夜支度を整え、危なくないよう少し離れた場所に洗濯物を干しました。また一日が終わり、ふいごの裏でコオロギが子守歌を歌い始めます。私はその鳴き声を聞くのが大好きでした。あの頃「アリとキリギリス」という詩が教科書に載っていました。詩に登場するキリギリスが、うちのふいごの裏に住んでいるんだわ、私はそう信じていました。

アリとキリギリス

作者不明

若く愚かなキリギリス　いつも歌を歌っていた
太陽が輝き　明るく暖かい春夏のあいだ
うちに帰ると戸棚は空っぽ　すぐ冬が来るというのに
それを見たキリギリス　ぶつくさとひとりごと
パンのかけらもありゃしない
地面は雪で真っ白で
花だって咲いていない
木の葉は全部落ちてしまった
キリギリスはつぶやいた「ああ僕は、どうなってしまうのか？」

空腹に耐えられず　ついに思い切って
ずぶぬれで寒さに震えながら

けちん坊のアリのもとへ向かった
生き残れるよう助けてくれ
雨をしのぐ屋根を貸して
食べ物をひとくち
ちょっと借りたいだけだ
明日にはきっと返すから
君が助けてくれなければ　飢えと悲しみで死ぬしかない

アリがキリギリスに言った「僕は君のしもべで友人だ
でもね僕たちアリは　貸し借りが大嫌い
ねえ君　お天気が暖かい頃に
何も蓄えておかなかったのかい？」
キリギリスは答えた「いや、しなかった
だって昼も夜も歌っていて
心が軽やかだったから
周りのすべてがウキウキしていて」
「歌っていた　君　そう言ったのかい？

だったら行けよ」とアリ「歌で冬を追い払えばいいさ」
そしてとうとう　さっと扉を開けた
かわいそうにキリギリスは　戸口から出ていった
この寓話は　大事なことを教えてくれる
仕事をしない人間は　食べることはできないのだと

訳注
ＡＢＣ――温熱性紅斑。火だこ。火に長くあたったときに皮膚にできる、赤または茶褐色のまだらの模様。
ベーコンキャベツ――アイルランドの伝統的な家庭料理。キャベツとスライスしたベーコン、それにジャガイモを入れて煮たもの。
コルカノン――ジャガイモとキャベツなどの野菜を煮て、バターと牛乳を入れてつぶした料理。アイルランドやスコットランドで食べられる。

第九章　生まれたてのひな

生まれたばかりの鶏のひなが、バスで到着しました。とたんに、わが家は大興奮に包まれました。空気穴をあけた段ボール箱に入れられていて、穴からのぞくと、たくさんのふわふわした黄色いものが動いているのが見えます。ときどき小さな黒い目が穴からこちらをのぞきます。箱から、ぴいぴい鳴くかすかなコーラスが響いてきます。うちの農場では、業者からひなを購入するようになると、鶏の飼い方が変わりました。

大量購入に踏み切る前は、うちのひなはすべて、農場で卵をかえしたものでした。やり方は簡単でした。庭や干し草置き場にめんどりをたくさん放しておいて、夜になるとジム・ディロンの鶏小屋に入れるだけです。ジム・ディロンの鶏小屋とは？　みなさんは、疑問に思われることでしょう。この小屋は、養鶏の関係者に紹介されるとすぐに知られるようになり、ただ単にジム・ディロンと呼ばれたのです。一九四〇年代の終わりに農務大臣を務めていたジム・ディロンは、イギリス国内にアイルランド産の鶏卵をあふれさせてやろうと決意し、特別な鶏小屋を設計しました。そして、国中の農家に補助金を出して、この小屋を建てさせたのです。縦が十二フィートほど、横は六フィートほどの長方形で、正面の右側に入り口があり、左側には窓が二つあいた、単純な作りの小屋でした。中は黒い壁に沿って止まり木が渡してあり、夜になると、めんどりたちがそこで眠りました。小屋の中には、産気づいたときに入るための産卵用の箱もいくつか並んでいました。産卵を済ませためんどりは、喜びの声を上げながら姿を現し、偉業を達成したことを世の中に知らせる、というわけでした。

わが家のジム・ディロンは、うちの裏手にある木立の中に、父が建てたものでした。これでうちも、近代的な養鶏への大きな一歩を踏み出したわ、そう思ったものです。というのも、それまでは、めんどりたちは気の毒にも、農場内でたまたま空いている小屋に入り、それで満足しなくてはならなかったのです。専用のジム・ディロンに引っ越すまでは、最後に残された場所として、牛小屋の屋根裏にいました。めんどりが去ってからは、屋根裏を私たち子どもが引き継いで、わが家の劇場として使いました。止まり木を取り除き、一方の端にカーテンを渡し、下の牛小屋から乳搾り用の椅子を借りてきて、観客が坐れるようにして使っていました。

農場では、牛、豚、子牛、ガチョウ、めんどり、それに子どもたちが常に居場所を求めていたので、子どもの遊び場の確保は、優先順位のずいぶん下にされていました。そのため、私たちはめんどりのように、空いている場所があればどこでも使っていたのです。夏の間は空いている場所はたくさんありました。というのも、家畜はほとんどみんな、外の牧場に出ていたからです。ところが、冬になると、占領できる空間を求めてちょっとした争奪戦が繰り広げられました。すると、私たち子どもが、納屋に置いた干し草俵の間に追いやられることになるのです。夏には、子どもたちと同様、めんどりたちも農場を駆け回っていました。そして敷地内を自由に散策するめんどりたちに付き添って、一羽のおんどりが、ふんぞりかえって歩いていました。ご自慢の羽根を見せびらかしながら、ゆうゆうと歩いていて、子どもが油断すると、いきなり攻撃をしかけてきました。でもこの一羽は、うちの農場で一羽きりの雄だったため、特別な存在として大切に扱われていました。そして毎年春になると、ハーレムのめんどりが産んだ卵から、たくさんのひなが生まれるのでした。

母は、めんどりに卵を産ませるのが上手でした。産まれそうな気配を見せるめんどりがいると、すぐさま捕まえます。木製の古いミカン箱か、あるいはレモネードの瓶が入っていた木箱を近所の店から調達してきて、その中に干し草で柔らかな産卵場所を作り、めんどりをそこに入れるのです。箱の中でめんどりは、羽毛を膨らませ、玉座に坐った女王さながら落ち着いた様子で、三週間ほど卵を温めていました。すると、卵にひびが入りはじめ、小さなひなが、自由な世界に顔を出すのです。卵の中には、うんともすんともいわないものが、いくつかありました。そういうときは、暗い部屋の中でドアの隙間から差し込む光にひとつひとつ卵をかざしてみると、中にひながいるかどうかわかりました。ひなの育っていない卵は

「ペテン師」と呼ばれていて、そういう卵はすぐに傷んでしまいました――当時の人は、ペテン師とか、腐った卵と呼ばれるのが、最大の侮辱でした。役立たずであることに加えて、鼻が利かないことも意味したのですから。つまり、救いようがないと言われているのと同じことだったのです！

受精卵からかえったひなたちは本当にかわいらしく、農場の敷地のあちこちで、めんどり母さんがひなを歩かせている姿は、この上なく楽しい光景でした。めんどり母さんは用心深くひなを見守り、小さな群れの全員に油断なく視線を走らせていました。彼女には、警備員のようにわが子を見張る必要がありました。というのも、うちの飼い猫も含め、庭には敵がたくさんいたからです。農場の動物以外で襲ってくるのは鷹でした。突然急降下してきたかと思うと、かぎ爪にひなを一羽引っ掛けて、すぐに空へと消えてしまいます。鷹が弧を描いて飛んでいるのを見つけると、襲ってこないうちに、めんどり母さんはクワックワッと大きな鳴き声を上げて私たちに知らせます。それを聞いた私たちが、めんどりに加勢しようと駆けつけるのです。

別の方法でひなを手に入れるようになると、めんどりがお役御免になりました。めんどりの仕事を横取りしたのはウィタカーという業者で、私たちにとっては、その名が、ひなの大量生産を表すようになりました。その業者は、私には理解できない不思議な方法で、ひなをダース単位で準備することができたのです。ひなはバスで運ばれてきました。うちの地域にバスが到着するのは夜の遅い時間で、バス停は地元のパブの前にあったので、到着したひなたちは、最初の晩をパブの中で過ごしました。ウィタカーは、あらかじめ母に、手紙で到着予定日を知らせていましたが、いつも日付どおりに到着するわけではありませんでした。そこで、毎日父が、クリーム加工所からの帰り道にパブに寄り、ひなが到着しているかどうか、確認していました。

ひなの到着に備えて、フーバーと呼んでいたある装置を、台所に運び込んでおきます。フーバーは、バチカンの寺院の小型版のような外見をしていて、ドーム型の屋根の真ん中から煙突がにょっきり突き出ています——ただし、白や黒の煙は出てきません。ひなを暖めるため、中にオイルランプが置いてあり、その湯気が出てくるだけでした。フーバーはブリキでできており、底はありませんでした。だから、ひなが寒くないように、床に新聞紙を敷いたり、のちには柔らかい干し草を敷いたりしました。快適さと清潔さを保つため、床は毎日取り換えなくてはなりませんでした。そこだけがひなの居住スペースだからです。ひなには、小さく砕いたオートミールを与えました。それから、水をやるために、ジャムの空き瓶に水を入れ、皿でふたをして、そのまま上下を返します——これは、手早くタイミングよく行わなくてはなりませんでした。そうしないと、急に水が流れ出て水浸しになってしまいます。何度もやって、コツをつかまなくてはなりませんでした。ひなたちは、ジャム瓶から皿に少しずつ流れ出てくる水を飲みました。フーバーの中では常に鳴き声がしていましたが、餌の

時間が近づくと、そのボリュームが最高潮に達しました。暖房のない納屋に出ても大丈夫なくらい成長するまで、ひなはフーバーに入れておきました。でもその頃になると、ひなをかわいらしく見せていた、黄色いうぶ毛のような羽毛は、もうなくなっていました。ひなはひょろりとした鳥になり、丈夫な羽毛が生え始めていて、母はその状態の鳥を「若めんどり」と呼びました。生まれてすぐわが家にやってきたひなは、こうして巣立ちの時期を迎えるのでした。

小さな赤いめんどり

P・J・マッコール

あるとき　ネズミと猫とめんどりが大金を手に入れた
明るく輝く谷間　ブナのうろの中で相談した
「東洋の王様みたいに　贅沢なごちそう食べようよ！
人間が見たことないほど豪勢な
チョコのつぶつぶをつけたケーキ
今すぐ焼こうよ！
サラセン*の地で取れる　スモモを入れるんだよ！」
「ケーキを焼こう！」とネズミ　「ケーキを焼こう！」と猫

「みんなでケーキを焼こう！」と小さな赤いめんどり

「山の小川のすぐそばの　粉ひき場へは誰が行く？
草いっぱいの谷間へ　石ころ運んでくる小川
粉ひき場の人間たちが
回る水車で粉ひいて
ふるって袋に入れてくれる
それであたしら三人は焼くの
チョコのつぶつぶをつけたケーキ
サラセンの地で取れる　スモモを入れるんだよね？」
「あたしは行かない！」とネズミ　「あたしも行かない！」と猫
「じゃあ　あたしが行ってくる！」と小さな赤いめんどり

「腕まくりして　前掛けつけて
主婦みたいに　誰が生地こねる？
丸くまとめて　オーブンに入れ
よく焼けるよう　誰が見張る？

チョコを吹きかけ
つぶつぶつけるのは　誰がする？
サラセンの地で取れる　スモモを入れるの？」
「あたしはしない！」とネズミ　「あたしもしない！」と猫
「じゃあ　あたしがする！」と小さな赤いめんどり

「胸にはナプキン　かつらで正装
立派な紳士のご婦人みたいに
誰が主賓席に着く？
うつむいて　食前のお祈りをして
最後にアーメンと　誰が唱える？
あたしひとりが焼くケーキ
サラセンの地で取れる　スモモを入れるの
それを誰が食べる？」
「あたしが食べる！」とネズミ　「あたしも食べる！」と猫
「あたしひとりで食べる！」と小さな赤いめんどり

訳注

サラセン――サラセン帝国（イスラム帝国）の通称。

第十章　在りし日の灯り

一般家庭で当たり前のように電気が使われ始めると、天井に掛かっている蜘蛛の巣がよく見えるようになり、人々は遅くまで仕事をするようにもなりました。でも、そうなる前は、様々な方法で暗闇を照らし、なんとかして明るい時間を長くしようと骨を折ったものでした。家の中から熱を逃がさないよう、また、外から冷気を入れないよう、家の窓は小さく作られていました。それに、農家の家は二つの理由から窓にカーテンをつけていませんでした。ひとつは費用の問題で、もうひとつは、家の中にできるだけ光を取り入れるという実用的な理由でした。太陽の自然光をさえぎるなど、考えられないことだったのです。窓に雨戸は付いていましたが、夜になっても、閉めることはほとんどありませんでした。プライバシーの保護など、重要なものとはみなされていなかったからです。なにしろ、近所の家は、牧場を越えた向こうにありましたし、うちの動物たちは、人間の家で起こっていることには、あまり興味がなさそうでしたから。だから、台所の窓の外を通り過ぎるとき、誰もがのぞき込み、

家の中に入ってくるときはもう、何が起こっているのか承知しているのでした。

台所の中に薄闇が訪れる頃、オイルランプに火を灯します――ただし、灯すのは、早すぎないようにしました。常に油を節約しなくてはならなかったからです。私が子どもの頃は節約の時代で、どこの家庭も無駄をしないようにしていました。つまり私たちは、節約を称える文化の中で育ったのです。マッチを大事に使い、ろうそくをちびちび使い、ランプの油を倹約し、そして、中でもいちばん節約が奨励されたのは、電池でした。もちろん、うちでとても大切にしていたラジオ用の電池のことです。ニュースを聞こうとして電池が切れていると、父が、こうまくしたてました。「わしのお袋と違って、うちの贅沢三昧な女たちときたら、節約がどういうことなのか、まったくわかっちゃいない」そして、常にこうも言っていました。「うちで無駄遣いしすぎた分で、もうひと家族ちゃんと食わしていける」父のこのありがたいお説教を、五人の娘は、水を浴びせかけられたアヒルのように、少しも気にかけず聞き流していました。とはいえ実際には、うちの家族はつつましい生活をしていて、ほとんど何から何まで自給自足でまかなっていました。紅茶に砂糖、マッチ、油、ろうそく、それにラジオの電池。外から調達してくるものはこれだけで、あとはすべて農場内のものでやりくりしていました。お金を稼ぐには大変な苦労が伴うので、使うときは極めて慎重になるのが当たり前でした。父は、買ってくるものはすべて大切に扱わなくてはならないと考えていましたが、私たちが期待に応えることはありませんでした。それでも、暖炉の火だけはあるけど他には何もない状態にならないように――いえ、最悪なのはラジオが押し黙ってしまうことでしたが――そうならないように、みんなで節約していました。けれどもこういうことは大人の問題で、子どもにはわからないことも多く、そのため私たちは子どもらしく、無頓着でいることもありました。

うちでいちばんよく使うランプは台所にぶらさがっていました。朝、まだ油が残っている、ランプのガラスの油つぼを鉄かごからはずします。暖炉の脇の壁にちょうつがいで取り付けられたアームに、この鉄かごはつながっていました。アームは左右に動かすことができるので、ランプの角度を調節して、照らしたい場所に光を当てることができました。油つぼは、スズかガラス、もしくは真鍮製でした。その上に、芯に火をつけるためのバーナーがあり、芯の下の方は油つぼの中へ伸びて油を吸い込んでいました。この、幅一インチほどの平たい芯は、麻でできていました。バーナーにあいた、細長い二つの穴をこの芯が通っています。脇に付いいたぎざぎざの小さなつまみで芯を調節すると、炎を上げ下げすることができました。この調節つまみの横に、火消し蓋という名の、小さなお玉のような形をしたものが付いていました。炎の上にこの火消し蓋をかぶせて消し、また夜になってランプに火を灯すとき、これを外すのです。バーナーの火力は、二倍にして使うこともできました。バーナーの上には、小さな輪の形をした真鍮の口金があり、そこにガラスのホヤがすっぽりとはまっていました。ランプに油を入れるときは、まずホヤを口金から注意深くはずします。このホヤは後で磨きます。次に、ネジを緩めてバーナーをはずして脇へよけておき、芯は油の中につけたままにしておきます。その後で、油つぼを鉄かごから取りはずします。それから、漏斗を使って油つぼに油を注ぎ、バーナーを慎重に戻します。芯の先は、前の晩に燃えて黒くなっているところをはさみで摘み取ります。それから油つぼを鉄かごに戻すのです。

次に、繊細な作りのホヤを調べますが、ひびが入ってしまうと大惨事なので、そうならないよう、慎重な作業が必要でした。前の晩の火の灯し方が悪いか消し方がまずいと、ホヤにすすがついて黒ずんでしまっています。その場合、ぬるま湯を入れたボウルに注意深く浸し、柔らかい布でマッサージするように汚れをぬぐい取ります。それからホヤを食卓の上に立て、ついた水をすっかり下へ落とします。一家の主婦が十分納得するくらい水が切れたら優しくふき取り、古いベストの切れ端かいらなくなった下着で、ピカピカになるまで磨き上げます。ホヤを洗う必要がない場合は、くしゃくしゃにした新聞紙を灯油に浸したものできれいに磨きます。ランプの磨き手は、すべてが満足のいく状態になると、ホヤを口金に戻し、これで暗闇の訪れを迎える準備が整うのでした。

黄昏どきになると、ランプの灯し手がホヤを丁寧にはずし、火消し蓋を持ち上げます。そして、よく考えた巧みな角度で取り付けられているつまみをねじって芯を出します。芯が油を十分に吸い上げた頃、マッチをすって火を付けます。火が安定するまで待ってから芯を少し下げ、それからホヤをかぶせます。炎が大きすぎるとホヤにひびが入ることがあり、これだけはどうしても避けなくてはなりませんでした。ホヤは高価で、しかも割れやすいため、近くの町で買って壊さずに自宅に持ち帰るのは至難の業だったのです。ヘアピンを一本、ホヤの上から引っ掛けてぶら下げておくと、ひびが入りにくいと言われていました。

明るさは物足りないけれど、このランプの柔らかい光で、子どもは宿題をし、母が縫い物や繕い物をし、父は新聞を読みました。大人がトランプをし、子どもたちが怪談話をするのも、この灯りの下でした――ランプの光は台所の奥まで届かないため、部屋の隅には、得体の知れない闇がひそんでいました。台所のそんな気配が、たくましい想像力をもっとかきたてたので、おばけが隠れていないか、寝る前にベッドの下やドアの後ろをのぞいてみるのでした。

台所にあるもう一つのランプは、聖心の御絵を照らす小さなオイルランプでした。このランプには、昼も夜も火を灯してあったので、常に台所中に赤い輝きを放っていました。十代の頃、映画やダンスに出かけて夜遅く帰宅し、この灯りが目に入るとほっとしたものです。

台所のランプは普通のデザインでしたが、客間のランプは、ずっと豪華なものでした。黒檀の土台が、飾り棚の中央にでんと置かれ、そこから、波模様を施したランプの足が上に優雅に伸びていました。足の上には大きな油つぼがついていて、それは、鮮やかな赤色か威厳に満ちた緑色の陶器、そうでなければ真鍮製でした。模様のない油つぼもありましたが、たいていは、バラなどの込み入った装飾が施されていて、バーナーなどの部品はすべて真鍮でした。ホヤは台所のランプと変わりませんが、その周りをランプシェードが覆っていて、シェードの真鍮の縁取りが王冠を飾る宝石のようにぴかぴかと輝いていました。上に開く形のシェードは、縁がウェーブを打っていて、色は土台に合わせてありました。土台が真鍮の場合、シェードは繊細な色を組み合わせた美しい色合いになっていました。光を放つ器具ですから、シェードの色は柔らかく控え目なものがほとんどでした。それでも、暖かな色の光を放つ真っ赤なものもあり、木々を家の中に入れたような光を投げかける深緑のシェードもありました。この客間のランプは、ランプの貴婦人ともいえるもので、客間以外の部屋で甘んじて輝くという不名誉なことは、決してありませんでした。

寝室を明るく照らすのは、燭台に立てたろうそくでした——本当のところ、照らすというよりは、黄色い炎がチラチラ揺れているだけでしたけれど。少々驚きですが、うちでは、子どもたちだけでろうそくを手に二階の寝室へ上がることが許されていて、さらにもっと驚くことには、火事になることもなかったのです。充分に気を付けるようにと、幼い頃から何度も言い聞かされていたので、燭台が倒れないようにバランスを取りながら狭い階段を登り、寝室に着くとすぐ、サイドテーブルの上にろうそくをそっと置きました。実を言うと、別の場所に置くこともありました。ベッドの鉄の支柱の上に熱いろうをたらしてから、真ん中にろうそくをしっかりと据え付けて、ろうが固まってろうそくが倒れないようになるまで手で押さえていました。こうすると、ベッドの中で本を読むことができましたが、ろうが支柱を

伝って下の床までぽたぽた流れ落ちてしまいました。わが家では、どの寝室の床にも、飛び散ったろうがこびりついていました。床の上にかがみ、錆びたナイフでろうをこそげ落とすのが、毎週土曜の日課でした。

家の外を照らすのは、まったく性質の異なる仕事で、その役割は風防付きランタンが担っていました。ランタンも燃料タンクの油を燃やしますが、芯は縦長の丈夫なホヤの中にあり、ホヤの周りを鉄の細長い保護枠がぐるりと囲み、それが長い持ち手につながっていて、持ち運びがしやすい作りになっていました。ホヤは取り外すことはできませんが、緩めて持ち上げることができ、そうやって芯に火を付けました。分厚いホヤが雨風から炎を守っているため、どんな天候の中でも使うことができたのです。夜中に動物たちの様子を見に行くとき、ランタンを携えて行き、暗闇の中で予期しないできごとが起こったときも、ランタンの灯りで対処しました。

夜半に外を歩いたり自転車に乗ったりするときのお供は、懐中電灯でした。これもまた、電池を節約しながら使っていましたし、電球が切れたら交換していました。

何年もすると、オイルランプのかわりにティリーランプが使われるようになりました。これはオイルランプより、ずっと強い光を放つものでした。まだ油を燃料にしていましたが、芯のかわりに、油を吸い上げる網状のマントルが付いていました。ティリーランプの下の部分には、ほうろうかブリキの油つぼがあり、細長い管の中を油がまっすぐに白いマントルへと上がっていきました。管の途中に小さなカップ状のものが付いていて、中に余熱用のアルコールが入っていました。ここに火をつけると、炎が下からチラチラとマントルに到達します。マントルが十分暖まった頃、油つぼについているポンプを、一度だけゆっくりと優しく押します。こうすると、油がマントルへと上がり、炎がぱっと青く輝きました。それから、ポンプを優しく何度も押しているうちにしだいに炎は白くなり、美しく強い輝きを放ち始めるのです。火のつけ方に失敗すると、ティリーランプのマントルは真っ黒になり、煙を吐くおばけになってしまいますが、うまくつけることさえできれば、オイルランプより明るく便利な照明器具として活躍しました。

もちろん、それから先には、もっと明るい日々が控えていました。電気が使われるようになると、あらゆるランプはすっかり忘れ去られてしまいました。私たちは、生活のあらゆる場面を明るく照らす電灯の、まばゆい光の恩恵にあずかるようになったのです。

第十一章　祖母の食器棚

祖母の家にはとても大きな食器棚があり、祖母はときどきそれを「やっつけ」ていました。この巨大な家具の中身をいっさいがっさい取り出して、真っ白なオイルクロスをはぎ取り、中をごしごしこすり、置いてあった物をきれいに水洗いしてからもとの場所に戻すという大仕事を「やっつける」、そう呼んでいたのです。そして、言葉の通りに「やっつけて」いました。

私は祖母の食器棚が大好きでした。いろいろな物語がたくさん詰め込まれた、一冊の本のように思えたからです。棚の物をひとつひとつ取り出しながら、祖母はそれぞれの食器にまつわる話をしてくれました。普段は厳しく規則にうるさくて、ちょっと怖い人でしたが、食器棚の大掃除を指揮しているときは別人になりました。いろいろな話を語り、家族の歴史を話してくれたのです。食器棚に置かれた物の中には、祖母が結婚してその家に入る前からあった物もありました。また、嫁入り道具として持参したもの、それに、長年暮らしている間

に手に入れたものもありました。

棚のいちばん上の段には、四枚の大皿が――茶色が二枚と青いものが二枚――置いてありました。茶色い皿は、祖母が結婚する前から家にあったもので、青い皿は、祖母が結婚祝いに母親から贈られたものでした。茶色い皿は青い皿よりずっと古くてどっしりと厚みがあり、祖母はこの皿を大切にしていました。夫の家族が何世代にもわたって受け継いできたものだったからです。四枚の大皿は、棚の中に渡した横棒で、奥から数インチの場所にしっかりと固定してあり、特別な機会にだけ取り出して使っていました。巡回ミサを担当したり、クリスマスにガチョウの丸焼きを食べたり、近くの農家が総出で脱穀を行った後や、家族でお祝いをするときなどで、祖母はそういう機会を大事にしていました。人の意見を聞き入れない祖母が、祖父の家にすっかり馴染んで家族と仲良く暮らしていたということが、私には驚きでした。むしろ逆に、夫の家族全員から祖母は高く評価されていたのです。それは、長年一緒に暮らしている間に、その家の御先祖様の歴史をすっかり覚えてしまい、それをたびたび話してやって、家族を喜ばせていたからでした。実際、祖母が結婚する前からあった何枚もの家族の写真が、私が子どもの頃も、そのまま飾ってありました。そして夜眠る前に、祖母は、寝室の壁に掛けられた写真にまつわる家族の話を聞かせてくれました。祖母は、一族の歴史の記憶係でした。若くして未亡人になり、見事な手腕とゆるぎない意志で農場を切り盛りし、農業家として、近くの農場の男たちよりはるかに優れていました。率直でまっすぐな性格で、何事であれ、なまけるということが嫌いで、ことあるごとに、私にこう言い聞かせていました。「なまけ心からは何も生まれないよ。爪が伸びて家が汚くなるだけさ」人付き合いが良く、ある隣人に親切にしすぎるととがめられると、ぴしゃりと言い返しました。「もちろん、助けてやらないわけにはいかないね！　あの人の母親は死んじまったし、父親ときたら、まったくの役立たずだ」こんな具合に、決してお上手の言えない性格でした。

青と茶色の大皿の手前に置いてあったのは——めったに使わない——コップとボウルで、ボウルのひとつにはおじの散弾銃のカートリッジが入っていました。ガラスのボウルの中で、不気味に赤く光を反射するこのカートリッジを見るたびに、私の心はざわつきました。カートリッジは、銃そのものでないのに、私を震え上がらせたのです。それから、切子ガラスの広口瓶が割れたものを針金で修繕して置いてあり、私には神業のように思えました——当時は、なんでもしっかりくっつく万能接着剤など、まだ登場していない時代でした。祖母は、その修繕したガラスの瓶を見て、当時を思い出しながら微笑んで言いました。「ああ、ジャックがあの瓶を割った日は」こんな風に、「誰が」で話し始めました。「だけど、ブリジッド大おばさんが泊まりにきたとき、あの魔法の指をさっと動かして、新品みたいに直してくれたのさ」ガラスの器を針金で修繕するなど、私にはとても考えられないことでした。どうして捨ててしまわなかったのか、ためらいがちに尋ねる私に、祖母はさげすむような眼差しを向けました。「おやまあこの子ときたら。ありものでなんとか工夫してみるもんなんだよ」

食器棚の二段目にもしっかりとした横棒が渡してあり、普段は使わない、晩餐用のお皿が固定されていました。そのお皿は特別な機会にだけ使っていて、何年も後で知ったことですが、ウェッジウッド社のとても高価なものだったのです。どういういきさつで棚に納まったのか、教えてもらうことはありませんでした。おそらく、家畜の売買をしていた祖父が、商いのためイギリスへ渡り取引が思い通りに進んだあと、働き者の妻のために豪華な贈り物をしたものなのでしょう。この晩餐用のお皿の前には、様々な大きさの鉢が置いてありました——ずいぶん古くて欠けているものもありましたが、まだ使われていました。棚の二段目には、祖母が集めたティーポットと持ち手のついた壺も置いてあり、中にはジャムがたっぷり一キロ以上入る壺もありました。他にも、「つやつやした壺」と呼んでいたものがあり、深い銅褐色の光を放っていましたし、驚くほどいろいろな種類の繊細なバラが描かれた磁器の壺もありました。私は昔から、持ち手つきの壺とティーポットが大好きですが、これは祖母の食器棚の影響だと思います。棚には、持ち手が取れた壺や、ふたが欠けたティーポットもありました。そういったものが、傷を負うことになったいきさつを、祖母は話してくれるのでした。そして事を起こした張本人が——たいていは子どもでした——それから先どんな人生を歩んだかも話してくれたのです。このようにして祖母は、私たち孫に、遠い昔に旅立った親戚について語ってくれました。欠けたり割れたりした壺やティーポットは書類整理用ケースとしても活用し、請求書や戦時に使っていた食糧配給手帳、クリーム加工所の帳簿、それに、家族の古い写真を入れていました。

こういう古い書類を調べて処分するのが、「やっつける」作業のひとつでした。子どもの目に触れさせたくないものは、すぐに折りたたんだ状態に戻し、祖母のエプロンのポケットの中に消えていきました。そして、後でもとの場所に戻され、必要なときにさっと取り出せるようにしてありました。祖母は、古い写真を見ると記憶が蘇るようでした。遠い昔、その家に住んでいた子どもで、今は遥かな土地に住んでいる人たちについて話してくれました。ときどき、時間の深い霧の中に記憶が埋もれてあいまいになると、祖母は揺り椅子に腰をおろし、記憶を心の表面に浮かび上がらせようとするかのように、ゆらゆら揺らしました――そして、思い出が心の奥から浮かび上がってくると、満足そうにうなずくのでした。話し終わると、真っ黒な長いエプロンの端で、目にたまった涙をぬぐうことがありました。祖母の、めったに見せることのない一面でした。でもしばらくすると背筋をしゃんと伸ばし、やりかけていた仕事を、またきびきびとやり始めるのでした。

食器棚の三段目には、小さめの皿とカップ、それにソーサーが置いてありました。普段使いの食器でしたが、中には特別な機会に使う磁器もありました。また、祖母はそこに、お気に入りのカップとソーサーを置いていて、体の調子が悪くなったり、つらいことがあったりすると、取り出して使っていました。そんなときには寝室にこもって、気持ちを静めるため、ロザリオの祈りを捧げていることもありました。しばらくして寝室から出てくると気分が良くなっていて、いつも通りの祖母に戻っているのでした。

三段目の下は広い台になっていて、そこにはいろいろなものが置かれていました。新聞もそこに置いてありましたが、祖母がよく読んでいたのは『アイリッシュ・プレス』紙でした。筋金入りの民主主義者だったのです。台の上には『聖心の使者』と『極東』のバックナンバー、懐中電灯、それに、ろうそくと燭台も置かれていることがありました——他に置き場所が見つかるまでとりあえず置かれ、そのままになっているのでした。この台の下には大きな引き出しが二つあり、一方にはナイフやフォークが入っていて、もう片方には、以前はテーブルクロスを入れていました。それが、どういうわけか、大事な大工道具を入れるようになっていました。ハンマーや釘やその他の雑多なものと一緒に道具箱に投げ入れておくにはもったいない道具を、その引き出しに入れていたのです。そこに入っていた道具のひとつに水準器がありました。これは棚が水平かどうかを測る、とても高価な道具でした——おじが、私の頭の上にこれを置いて、私が水平かどうか測ろうとしたこともありました！　それから、物の角度を判断するのに使っていた三角定規、馬の蹄鉄用のやすり、ぐるぐる回して穴をあける少々危険な木工錐も入っていました。こういうものはみんな高価で、どの家庭にもあるというわけではなかったので、ときどきご近所の家庭に貸していました。そしてそのお返しに、祖母の引き出しにはない道具を貸してもらっていました。もう片方の引き出しには、いろいろな種類とサイズの、柄が骨でできたナイフとフォークが入っていて、これは週にいちど磨かなくてはなりませんでした。食器棚の各段の前面には真鍮のフックが並んで付いていて、そこに小ぶりなピッチャーが、整然と並んでぶらさがっていました。中には、クリーム用ピッチャーとして毎日使っていたものもありました。ピッチャーは冬によく使いました。農場でバターを作るので、クリームがたくさん出るからです。でも、バターを作る季節でなくても、牛乳缶の上澄みをすくいとって、クリーム用ピッチャーに入れておくこともありました。食器棚の引き出しの下は、扉のない物入れになっていて、鍋やフライパンがしまい込んでありました。昔はこのスペースを、鶏やガチョウが卵を孵すための場所としても使いました。鳥たちも、一家の大切な稼ぎ手だったからです。

食器棚は、台所の奥の壁の半分を覆うほど大きな家具でした。片方の側面にフックがひとつ付いていて、おじがひげそり用の剃刀を研ぐための革砥がぶら下がっていました。もう片方の側面に付いているフックには、家族全員のロザリオの数珠が引っ掛けてありました。このフックには、料理鍋に入れる前の野ウサギやキジがぶら下がっていることもありました。

食器棚の上には、木箱がいくつか置かれていて、家族が使う茶葉や砂糖、ろうそくが入っていました。祖母の家は町から遠く離れていて、町へ行くには自転車か馬、そうでなければ歩いて行かなくてはなりませんでした。だからもし、冬の気候が厳しくて何週間も雪に閉ざされてしまっても、長い期間生き延びることができるようにしておく必要がありました。そんなお天気は、コークとケリーとの県境の山あいでは、よくあることでした。木箱の後ろに、ひっそりと置かれていたのはおじの散弾銃で、これは農家の必需品でした。その隣には、牧草を刈るための大きなナイフが置いてありました。安全上の理由から、冬の間は食器棚の上に片づけてあったのです。

棚の上の木箱の間に滑り込ませてあったのは、茶色い紙で包んだ大きな段ボール箱で、中には上等なテーブルクロスが入っていました。一方で、普段使いのものは、三段目の下にある台に置いてありました。普段使いのこの布を、私たちは「バギーン」と呼んでいました。使い古した小麦粉の袋《バッグ》で作ったものだからです。この布は大変活躍していました——夕食時にテーブルに敷いておいて、じゃがいもの皮や肉の食べかすをその上に残しておきます。後で布の端をたくし上げて食べ残しをまとめ、そのまま庭へ持って行き、待ち焦がれている犬たちに与えるのです。週に一度、木製の食卓と座面が縄編みの椅子の汚れを落としていましたが、それもバギーンでこすっていました。

いろいろな意味で、祖母の食器棚は、システムキッチンのようなものでした。料理に必要なものも、農作業に使うものも、祖母の満足のいくように、すべて中に揃えてあったのです。

私の心の片隅に、食器棚の大掃除をする祖母の様子が残っていて、私も、自分の食器棚が欲しいとずっと思っていました。私が子どもの頃、古びた実家の台所に食器棚はなく、その代わり、「ガラスケース」と呼んでいたものがありました。要するに食器棚と同じなのですが、前面にガラス戸が付いているところが違うだけなのです。中の食器をほこりから守り、きれいに保つことができるため、もちろん、この方がずっと実用的でした。それでも私は、祖母の台所に優雅にたたずむ、あの開放的な食器棚の魅力にはかなわないと思っていました。棚の最上段に並べられた、青と茶色の大皿のむき出しの様子や、下の段にいろいろなサイズの皿が並んでいる様子が大好きでした。その間を埋めるように、様々なデザインのボウルや水盤、壺が置かれた光景は、目を大いに楽しませてくれました。前面にガラス戸がないので、棚に並んだものがより身近に感じられ、何ものにもさえぎられることなく、食器たちが話しかけてくるようでした。棚に置かれた魔法の品々に、手を伸ばして触れたり臭いをかいだりすることができ、そうすることで食器たちから身の上話を聞くことができたのです。それはわが家のルーツに触れ、一家の人々が織りなしてきた人生に入り込むのと同じことでした。祖母の食器棚は、うちの家族の歴史そのものだったのです。

いつか私も自分の食器棚を持ちたい、ずっとそう思い続けていました。そして、九十年代はじめに、わが家のくたびれた台所の模様替えをすることになったとき、この夢を実現する機会に恵まれたのです。長い間うちの台所は、目が回るほど忙しいゲストハウス*の本部であり、赤ん坊が泣き叫ぶ育児室であり、若者たちが大騒ぎをするたまり場でもありました――それが、別の商売をするようになり、子どもたちも少しは大人になってくると、ようやく落ち着きのある台所になってきたのです。よし、今がチャンスだ――私は食器棚を入れる計画を立てました。長年の夢が、ようやく叶うのです。結果的に、棚はふたつ入れることになりました。というのも、アガ社製ガスレンジが壁の真ん中にでんと陣取っていたので、棚をその両側に作ったのです。その作業をするための忍耐力と、聖ヨセフほどの大工の腕前を持ち合わせた友人が、ちょうどスペースにはまるように作ってくれました。おかげで私は、祖母の食器棚を再現することができたのです。実用性を重んじる友人には、事前に警告されていました。「まったく正気の沙汰とは思えないわ。ほこりがたまって、蜘蛛の巣だらけになるわよ。いろんな虫がたかるだろうし。それに手入れが大変でしょ」要するに、健康に害を及ぼすというのです。それでも私は聞く耳を持ちませんでした。子どもの頃からの夢を実現しようとする人間を説得するなど、どだい無理な話なのです。

食器棚を作って、もう二十年以上になります。昨日、棚を「やっつけ」ました。それで、この章を書き始めたのです。実をいうと、もう何年も、手入れには苦労しています。それでも、台所の壁一面に広がるなつかしい思い出は、その苦労を補ってなおあまりあるのです。まるで巨大な壁画のようなその食器棚は、先祖代々の物語を語ってくれます。棚の上には、「パット・マックの皿」と呼んでいる大皿が三枚並んでいます――パットはずいぶん前に亡くなりましたが、大皿は、パットのお母さんがアメリカから引き揚げてきたときのトランクに入っていたものでした。パットが亡くなるとき、私の姉夫婦に遺したのです。そして、私たち夫婦が六十年代はじめにゲストハウスを始めたとき、今度は私が姉からもらい受けました。長い間、バンドン川で採れたつるつるの鮭を乗せるのに使っていました。はらわたを出して調理して、腹ペコのお客さんに食べさせたものです。今は使っていませんが、棚の中に並べるには大きすぎるので上に乗せてあります。その隣には、バラが描かれた、緑色のほうろうの大きな水差しが置いてあります。アイルランドの一般家庭で、まだ寝室の脇に洗面所がなかった頃、母は必要なもの一式を寝室に置いていて、水差しはそのうちのひとつでした。古くなるとパン焼き用のミルク入れにして、それから、中身が漏れるようになると、卵入れにしていました。あるとき母に、家のもので何か欲しいものがあるかと尋ねられ、私がその水差しが欲しいと言うと、母は、ちょっと驚いた顔で微笑んでこう言いました。「でもね、あれ、漏れるわよ」私には、どうでもいいことでした。水差しは、家族の歴史そのものだったからです。私の食器棚の水差しの隣に立っているのは、ジャッキーおじさんのものだったキリストの十字架像です。この人は、夫ゲイブリエルの養父で、聖人のような人でした。その隣には、ペグおばさんとメアリーおばさんの晩餐用の大皿が並んでいます。それから、姉のエレンがカナダから持ってきてくれた、バラの模様を施した鮮やかな色の楕円形の大皿、実用志向の別の姉から結婚祝いにもらった陶器の水差し、大勢で食事をするときのためにバンドン市の窯元で買った大きな水差し。

　私は、この大きな食器をすべて手洗いしながら、人間味にあふれた元の持ち主たちに思いを馳せていました。下の段に並ぶ小さめの皿やカップはすべて食器洗い機に入れ――この家電のおかげで、食器棚を維持するのは、それほど大変ではなくなりました。小さめの器のいくつかは、夫の養母であるペグおばさんから私が受け継いだものです。ペグは器を大切にして、長い間使い続けていました。今では私が、ペグの皿を愛情を込めて使うことに、無上の喜びを感じています。先祖代々受け継がれてきたものは、長い歳月の間に思い出を吸い込んでいるからこそ価値があるのです。ひとつひとつの段の前面に横一列に並ぶフックに、ペグのバラ模様の小さなミルクピッチャー一揃い、それに、金で縁取りを施した白いピッチャーがひとつ、ぶら下がっています。このピッチャーは、一九八九年にボーハーブー村のティグ・ノーニーに住むメアリー・クローニンからプレゼントされたものです。私の処女作『アイルランド田舎物語――わたしのふるさとは牧場だった』が出版された後、国営テレビが「私の住む家」という番組を、この土地で撮影したのです。また、棚の中にある小ぶりな陶製のトーストスタンドは、ミセス・シーのものでした。この婦人は、夫を亡くした数日後にうちのゲストハウスに越してきて、その十四年後に自分が亡くなるまで、うちで暮らしていました。この小さくて優雅なトーストスタンドは、彼女の人生を物語っています――ミセス・シーはアイルランドで最も由緒ある家柄のひとつの出身で、ゲストハウスの一階の角部屋に、「上流階級の雰囲気」をもたらしてくれたのです。トーストスタンドの隣には、体中に派手な柄が描かれた雌牛の置き物があります。それが、跳び上がった姿をしているのです。ある若い友人が、初めて海外旅行に出かけたときのお土産として持ってきてくれたのです。先祖代々受け継いだ品ではないし、まるで現世から飛び出さんばかりの姿の置き物です。それでも、

この友人の気遣いが嬉しかったので置いてあります。その次に並んでいるのは、母が使っていた、古びた塩胡椒入れとマスタード用の器です。それから、ペグおばさんが大切にしていたミルクピッチャーがあります。このピッチャーは、庭から摘んできた花を活けるのにときどき使っています。家族から受け継いだいろいろなものを使い続けるのは素敵なことだと思っています。だって棚の上でほこりまみれにしておいて、私のお通夜に取り出してきても、あまり意味がないではありませんか！
祖母の食器棚は、様々な物語を紡いでくれました。他の多くのおばあさんの棚も、きっとそうに違いありません。みなさんも、おばあさんの食器棚を思い出してみてはいかが？

アリス・テイラー

古びた食器棚

何層にも塗られ　もう剥げかけた塗料を
気長にゆっくりと
こそげ落としていく
様々に色の異なる
コートを何枚も
身にまとった食器棚。

すると生まれ変わったように
隠れていたもとの表面が
淡い色の素肌が
現われ出てくる。
その素晴らしい瞬間
生まれたままの完璧な松材の姿で
食器棚はたたずんでいる。

訳注
ゲストハウス――著者は夫と共にゲストハウスを経営していた。

第十二章　毛布の上でダンス

　現代では、シャワーからお湯が滝のように流れ出てきて、好きなだけ使うことができます。洗濯機は、いとも簡単に洋服を真っ白に洗ってくれるし、乾燥機が下着を完全に乾燥させて洗濯は終わります。だから、体を清潔すぎるくらい清潔にして、バラの香りを漂わせていても、それはその人の手柄ではありません。一方で、昔の女性が家族のみんなを小ぎれいにさせるには、超人的な努力をしなくてはならなかったことでしょう。いい香りを漂わせるなど、ことに農場では、できない相談でした。だって、牧場と自宅との境目が、あるようなないような有様でしたから。家畜は一家の大切な稼ぎ手で、最優先で世話をする必要があったので、ときどき境目を超えてこちら側へ連れてきていました。雌鶏やひなが台所に現れたり、出産を控えた母豚を台所や勝手口に連れてきたり、生まれたての子羊や子豚を暖炉の火の前に置いた箱の中で育てたりすることはよくありました――健康と安全衛生を重んじる現代では想像もつかないでしょうが、すべては、生きていくために必要だったのです。このように家畜

の世界が身近にあったので、家族全員の体と衣服と家の中を清潔に保つのは至難の業でした。アイルランドの一般家庭ならどこでも、常に挑みかかってくる泥や汚れを抑えつけるのに格闘していたのです。

暖炉の火が煙や灰を吐き出していましたが、電気掃除機もロボット掃除機もまだない時代でしたから、膝をついて床をこすったり磨いたりしなくてはなりませんでした。ただ単に「洗浄ブラシ」と呼んでいた毛の硬いブラシで木の床と階段をごしごしこすってきれいにした後、蜜蝋かマンション社製の床磨き剤で磨き上げ、仕上げにモップをかけるか、着古したブルマーか股引で拭いてつやを出していました。

家の中を清潔にしておくことは大変でした。けれども、身体と衣服を、家の中と同じようにきれいに保つのは、もっとずっと大変なことでした。この任務を遂行するため、いちばんよく使っていたのは洗い桶ですが、ときにはブリキの風呂桶も使いました。洗い桶は、厚いオーク材の桶板を鉄のたがでしっかりと締めたもので、取っ手が上向きにふたつ付いていて、その部分をつかんで持ち運ぶことができました。運ぶのは、丈夫で健康な人と決まっていました。洗い桶の相棒は洗濯板で、これは固くて平らな木の板で、片面にブリキの畝が並んでいました。その面で勢いよく衣服をこすり、汚れをきれいさっぱり落とすのです。洗濯板が使われるようになる前は、「ドリー」がその仕事を担っていました――ドリーとは、真鍮か銅製の円盤にいくつも穴があいていて、その真ん中に長い木の柄が付いているものです。洗濯係はむんずと柄をつかみ、衣服に向かって目の敵のようにドリーをバンバン打ちつけていたのです。おそらく、当時の人々にとって、洗濯板は画期的な発明だったことでしょう。あの頃は、アイルランド中の農場の台所で、毎週月曜に洗濯が行われていました。

月曜の朝早く、洗濯係――たいていはその家の主婦――が仕事を開始します。つなぎ服に身を包み、さらに防水機能を高めるために、その上にエプロンをつけ、体の前でひもをしっかり結んでいます。朝食が終わるとすぐ、三本足の付いた鉄製の洗濯用大釜を、ふたりがかりで持ち上げて暖炉の火の上に引っ掛けます。すぐ下に火がくるよう、位置を調節します。ただし、釜が高くなりすぎないよう気を付けなくてはなりません。というのも、庭のいちばん奥にある水口の水か、切り妻壁に立てかけた樽にたまった雨水を、バケツに汲んで何度も運び、この大釜に注がなくてはならないからでした。大釜の中の冷たい水を沸かすために火を勢いよく燃やし、お湯が沸いたら、小さなブリキのバケツを使ってくみ出して、スタンバイさせてある洗い桶の中にざあっと空けます。あらかじめ、座面が縄編みの椅子を前に倒し、背板の先を食卓の足にしっかりとあてがって、背板の上に洗い桶を置いておくのです。桶の中にお湯が十分たまったら、水口から汲んできた冷たい水で薄め、手を入れることのできる程度の水温にします。それから洗濯板を定位置に置き、石炭酸石鹸を取り出します。この石鹸には、白いものと赤いものがありました。石鹸を洗濯する衣服にこすりつけたら、さあ――いよいよ月曜の洗濯が始まるのです。その後、リンソ粉石鹸やラックス石鹸フレークなど、粉末のものが出回るようになると、固形石鹸はすたれていきました。

いちばん最初に洗い桶に入れるのは、シーツと枕カバーでした。ほとんどがリネンかあや織りの布、もしくは良質の綿でできていて、軽くはありませんでした。桶のお湯にしばらく浸けたあと、洗濯板の上に引っ張り上げて石鹸を塗りたくり、板の畝の上でごしごしこすって洗います。それからぎゅっと絞って食卓の上に置きました。次に、ホロックス社のたっぷりとした仕事着を桶に入れます。このシャツは実にゆったりした作りで、体を上から下まで包み込んでくれるので、寒さから身を守ることができました。その次に桶に入れるのは下着です。まだナイロン製品や速乾性のものなどない頃で、すべて天然繊維でできていました。着る者にとっては優しい素材でしたが、洗う者にとっては最悪でした。それでも、なんといってもいちばんやっかいなのは農作業に着る服で、分厚いあや織りの布で作ってあるつなぎ服は、特に大変でした。農場の仕事着は丈夫で長持ちする素材で作ってあったので、きれいにするにはただならぬ労力が必要だったのです――泥だらけだったり、牛の糞がべっとり付いていたりしたのですから。だから洗濯係は、額に汗してせっせと洗っていました。洗濯をしながら、ときどき桶のお湯を換え、すべてを洗い終えたと思ったら、今度はすすぎが始まるのです。

まず、白い色のものは、火にかけた大釜に直接入れ、ぐつぐつ煮立てました。そうすると、洗っても落ちなかったがんこな汚れがきれいに落ち、真っ白になりました。ぐらぐら煮えている大釜から、熱い湯気の立つ洗濯物を取り出すのは危険な作業でした。たいていはブラシの柄を使い、ベテランの曲芸師のような熟練の技を駆使して洗濯物を取り出しました。湯気にまみれて作業をしているうちに、台所はしだいに霧に包まれ、床には小さな湖ができあがります。そんな中でもお湯を沸かし続ける必要があったため、暖炉の火には常に気を配らなくてはなりませんでした。汚れた洗濯物の山はだんだん小さくなり、その代わり、食卓の上に置いた、洗い終わったものとすすぎ終わったものの山が、どんどん大きくなっていきました。すすぎ終わったものはバケツに入れ、庭の奥にある物干しロープまで運びます。そして、旅回りのジプシーから買った木製の洗濯バサミでロープにしっかりと留めるのです。白い布でできているものは、レキットアンドコルマン社の漂白剤に浸けて、純白に洗い上げました。分厚いウールのセーターの多くは手編みだったので、縮まないよう特に気をつけて洗いました。

山ほどある洗濯物が乾くかどうかは完全にお天気次第でしたが、アイルランドでは、お天気ほど当てにならないものはありません。物干しロープにつるしにくいものは、生垣や繁みの上に広げて干したので、晴れの日はいいのですが、繁みが湿っていると、干したものがそこから離れたがらなくなることがあって大変でした。シーツや白いリネンの布を、牧場のきれいな草の上に広げることもありました。そうすると、より衛生的で色鮮やかに仕上がり、いい香りがつく、母はそう思い込んでいました——けれども、トネリコの木の下だけは、どうしても避けなくてはなりませんでした。木から落ちてくるものでシーツに染みができると、どうやっても落とすことができなかったからです。お天気が良い日なら、すべてうまくいきました。日中よく晴れて暖かい日の夕方、ほのかに甘い香りのする洗濯物を、物干し場から腕一杯に抱えて取り込むのは、本当に気持ちのいいことでした。野生のスイカズラと太陽の光、それに外の匂いがしました。今も、物干しロープの洗濯物がハタハタと風にはためいているのを見るたびに、そのことを思い出します。干してから二、三日たつと、母はその一部を取り込んで台所に持ってきました。夜遅く、暖炉の周りに並べた椅子の背に洗濯物を掛け、暖めて完全に乾かしていました。私は、乾いたシーツの中に頭を突っ込み、新鮮な外の匂いをかぐのが大好きでした。

土曜には、日曜のミサ用ワンピースと男性用シャツのアイロンがけをしました。これには、まずアイロンの中の加熱器を本体から外して暖炉の中に置きました。加熱器が真っ赤になったら取り出して、本体の後ろのふたを開け、ゆっくりと慎重に差し込みます。その一方で、食卓を毛布で覆い、その上にシーツを掛けてアイロン台を作ります。アイロンがけはとても危険な作業でした。操り手は火傷をしないよう気を付けながら、いっちょうらの洋服の胸元を黒焦げのブローチで飾らないよう、細心の注意を払う必要がありました。

「今日は、毛布の洗濯日和ね」母のこの言葉は、お天気に対するこの上ないほめ言葉でした。もちろん、洗うのではなく、乾かすのにちょうど良いという意味です。ウールの毛布を干すのは、乾燥した、風の強い日でなくてはなりません。空高く毛布を吹き上げ、水を吸い込んだ繊維をすっかり乾かすほどの強い風が必要なのです。だから、一日中よく晴れて乾燥して風が強い、天気予報がそう太鼓判を押さない限り、年に一度の毛布の洗濯はしませんでした。三拍子揃う日など、そうめったにありません。湿ったシーツを干すことさえできないお天気なら、濡れた毛布を干すことなど、どだい無理な相談でした。こんな風にして「ウエ《濡れ》ット《た》ブランケット《毛布》*」という表現が生まれたのかもしれませんね——なにしろ、「周りの空気を読むことのできない人」という意味ですから！

　どっしりと重さのあるウールの毛布を洗うのは、体力を必要とする作業でした。毛布を入れた洗い桶に暖かい石鹸水を注ぎ、床か、でなければ庭先に置いて、女と子どもが桶の中に入ります。そして、汚れをもみ出せとばかりに、毛布の上でばちゃばちゃとダンスを踊るのです！　もちろん、子どもたちは大喜びで、この毛布の洗濯が大好きでした。そのあと、水がぼたぼたしたたる毛布を、丈夫で健康な女がふたりで持ち上げて軽く絞っている間に、桶の水をすすぎ用に入れ替えます。それからまた、ダンスをするのです。すすぎが終わると、びしょ濡れの毛布からできるだけ多くの水を絞り出す耐久レースが始まります。この作業は、心臓が弱くても、気が弱くてもできるものではありません。毛布の両端に立った絞り役のふたりがそれぞれ反対の方向へ絞ると、水が滝のように流れ出します。滝の流れが小川になり、したたりになり、しずくになって、ついに毛布から何も出なくなるまで絞り続けるのです。

それから、毛布をしっかりと振って、その後で、頑丈な作りの物干しロープまで運びます。この物干しは、「クリーム加工所のワイヤー」と呼んでいた針金を、二本の木の間に渡して作ってありました。毛布は、ちょうど良い高さの低木か生垣の上に広げておくこともありました。その場合、毛布に夜露が降りないように、夜の間は取り込んでいました。二、三日かかって、新鮮な空気の匂いと野の花の香りがする、ふわふわの毛布になると、畳んで戸棚に片づけました。

寝室の窓から冷たい冬が忍び込んでくるようになると、毛布との嬉しい再会を果たします。一般家庭に防寒機能が整い、暖房設備が入る以前は、暖かいウールの毛布が必需品でした。屋根からしみ込んでくる湿気や、立てつけの悪い単板ガラスの窓から吹き込んでくる寒さから、身を守る必要があったのです。ほとんどの家庭では、台所の調理用暖炉だけに火を入れていましたが、客間を暖めることもときどきあり、ごくまれに寝室も暖めました——それでも、暖かい空気のほとんどは煙突から外へ出てしまったり、窓やドアの下から逃げ出していったのです。だから、暖かい衣服や——それに毛布が——寒さを解決する手立てでした。

テーブルクロスやマントルピースに敷く布、男性用シャツの襟、それに、いっちょうらのワンピースは糊付けしましたが、これは注意を要する作業でした。赤いコマドリが側面に描かれた、楽しげな箱に入っていた糊を使うこの作業は、ちっとも楽しくありませんでした。その中に、糊を熱湯に入れ、しばらく混ぜていると、ドロドロした灰色の状態に変わります。

洗った物をさっと浸けてすぐ取り出し、軽く絞ってからつるして乾かします。糊の混ぜ方がうまくいけば、衣服や布が乾くと望み通りの硬さになりました。ところが混ぜ方がまずいと、シャツの襟は剃刀の刃のように鋭くなってしまい、テーブルクロスは、席に着いた人の膝がしらを削り取らんばかりにバリバリになるのです。糊付けの業を習得するには経験が必要でした。それに、糊付けの後のアイロンがけも、熟練の腕がなければ、アイロンと布がぴったりくっついて離れなくなるのでした。

衣服を清潔に保つのは大変なことでしたが、それを身につける人間を衛生的にしておくことは、それ以上に骨の折れる仕事でした。これには、洗い桶かブリキの風呂桶を使いました。洗濯するときのようにお湯を沸かしますが、洗い桶や風呂桶に入れるのは衣服ではなく、普段それを着ている人間でした。土曜の夜、台所の暖炉の前に置いた桶で子どもたちを順繰りに洗います。大人は自分の番になると、凍えるような寒さの寝室にこもって、そこで、限られた道具と乏しいお湯を最大限に活用して、すべきことを行いました。大人が寝室で体を洗うのに使ったのは大きな鍋と水差しで、それに加えて、揃いの石鹸皿と尿瓶も使うことがありました。階下で水差しに水を入れ、使用後の水を入れるバケツも持って二階へ運びます。特別なお客様用には、装飾を施した陶器の一式――今でもアンティークショップでときどき見かけるたぐいのものです――を使いましたが、普段使いは、ほうろうのものでした。

昔はこんな様子でしたから、今私たちが、勢いよく流れ出るシャワーを浴びてさっぱりしたり、ジャグジーの中にゆっくりと体を沈めたり、何も考えずに洋服を洗濯機に放り込んだりするときに、こんな時代で幸せだとありがたく思って欲しいのです。そしてみなさんも、おばあさん世代に思いを馳せてみませんか。様々な困難をものともせず、子どもたちを小ざっぱりさせ、その上、家庭のあらゆることに気を配り、出かけるとなれば身なりをきちんと整えていた彼女たちに。

テーブルと椅子

エドワード・リア

一

テーブルが椅子に言ったとさ
「きみにはとてもわからない
ぼくがどんなに熱さに苦しみ
足はしもやけだらけかって！
ちょっと一緒に散歩に出かけ
きみと話をしようじゃないか！
ねえ、外に出てみないかい！」

テーブルは椅子にそう言ったとさ

二

椅子がテーブルに言ったとさ
「それができないって知ってるくせに！
ぬけぬけと言うんじゃないよ
ふたりとも歩けないじゃないか！」
テーブルは溜息ついたとさ
「だめでもともとやってみようや
ぼくたち足の数は同じ
どうして二本で歩けないんだろ？」

三

それでふたりはゆっくりと
町の中をいったりきたり
ふたりがヨタヨタ歩き回ると
ガタガタ楽しい音がした

見ていたみんなは声上げた
そしてふたりに近寄って
「見て！　テーブルと椅子だよ
外に出てきて歩いてる！」

四

谷間のお城に続く道
どんどん進んで行くうちに
ふたりは道に迷ってしまい
ずっとあちこちさまよった
無事におうちに着きたくて
御あしを払って頼み込み
アヒル、ネズミ、カブトムシに
家まで送ってもらったとさ

五

そしてふたりはささやき合った

「ああ、陽気なきょうだいよ！
今日は素敵な散歩をしたね！
豆とベーコンで晩餐だ！」
それでアヒルと小さな茶ネズミ
カブトムシとはごちそうになり
テーブルと椅子の上で踊りに踊り
ヨタヨタで寝床に入ったとさ

訳注
ウエットブランケット――場をしらけさせる人。興ざめなもの。

第十三章　客間

客間は、家中でいちばんきちんと整えられた部屋で、壁やマントルピースやサイドボードの上には家族の写真が飾られます。アイルランドの昔の人々は、家族の集合写真を撮影することを敬虔な儀式と捉えていました。一家の歴史がとても大切にされていたので、経済的な余裕などないのに、正装して集合写真を撮影するための資金をなんとか工面する家庭が多かったのです。緊張した面持ちの家族が並ぶ写真は――金箔を施したフレームに入っていることもありました――必ず客間に飾られました。私の実家の客間には、直立不動の姿勢で立ち、いかめしいひげ面をした、父方の祖父の写真があります。その向かい側の壁にいるのは祖母で、夫に向かって優しく微笑みかけています。このふたりの写真は、どういうわけか別々に撮影してありましたが、この写真を眺めていると、自分がどういう人間なのかわかるような気がしました。ふたりとも、私が生まれる前に亡くなっていました。

実家の客間には両親の結婚式の写真も飾られていて、信じられないほど若いふたりが、まだ見ぬ新たな世界を真剣な眼差しで見据えていました。この写真は、横長のサイドボードの上の壁を飾っていました。サイドボードの上の端には蓄音機が置かれていて、すぐ横に、茶色い紙のジャケットに入ったSPレコードがありました。ジョン・マコーマック、デリア・マーフィ、シドニー・マキューアン神父、ジョセフ・ロックのレコードの他に、ワルツやジグ、リールの舞踏曲もありました。蓄音機は、毎年クリスマス前後の十二日間、客間から解放され、台所に来ていました。客間のオーク材でできた古いサイドボードの上に、その蓄音機と並んで置かれていたのは一枚の写真で、かつてはその家の子どもで、今では大人になったおじやおばたちが写っていました。すぐ下には大きな引き出しがふたつあり、ひとつにはナイフやフォークが、もうひとつには瓶が入っていました。うちのご先祖はウイスキーやブランデーの瓶を集めていたようですが、母が好きなのはシェリーとポートワインの瓶でした。母の瓶のコレクションの中には、聖水*の瓶も紛れ込んでいました。

どこの家庭でも、客間の暖炉はたいてい鋳鉄か大理石できていて、私の実家のものは、茶色いまだらの大理石で、鋳鉄のはめ込みがしてありました。手前の床にはこげ茶色の大理石が敷かれていて、その縁取りも同じ色で揃えてありました。マントルピースの上には、優雅で美しい小さな陶器がいくつかと、銀色の女性用の靴の置物がありました。それに、初聖体*の儀式のために一分のすきもなく正装したアメリカのいとこたちの写真と、立派な軍服姿の男性が何人か映っている写真がありました。その写真の軍人のひとりが、何十年も前に家を出ていった人の子どもなのだと思います。

暖炉の両側には、茶色い革の肘掛け椅子が一組ありました。この椅子は、腰掛けると背筋がピンと伸びるくらい真っ直ぐな角度を保っていました。それに、片側だけ肘掛のあるソファーがひとつあり、リラックスして本のページをめくるより、ゆったりと横になってくつろぐのに向いていました。三フィートもある厚い石壁にひとつだけ開いた窓には雨戸が付いていましたが、閉じることはほとんどありませんでした。家中でただひとつ、この窓だけにはカーテンが付いていました。たっぷりひだをもたせた白いレースのカーテンが、木製の長いカーテンレールから垂れ下がっていました。カーテンの向こう側がすっかり透けて見えていたので、実用というより窓を飾っているのでした。カーテンは、部屋に優雅な雰囲気を添えていました。この部屋は特別な場合にだけ使用していましたが、その中には家族のお通夜も含まれていました。

うちの先祖のお通夜は、すべてこの客間で行ってきました。遺体を横たえる棺桶を自宅に入れるのが当たり前になるまでは、二階の寝室にある、真鍮の手すりのついた鉄製のベッドを解体して客間に持ってきて、もとのように組み立てて使っていました。お通夜で送られる故人が、そのベッドで生まれた可能性もありました。また、お通夜で使うための特別なシーツと枕カバーを用意している家庭もありました。地元の女性で、お通夜の決まりごとをよく知っている人がいて、その人が故人の身支度を整えてくれるのでした。亡くなった人には、たいていくすんだ茶色の衣服か、もしくは自前の服を着せ、両手を合わせてロザリオを巻きつけました。マリア信心会に属していた私の母が亡くなったときには、信心会の美しい青いマントをまとわせました。それから、真鍮の燭台にろうそくを立て、ベッドを囲むように配置しました。燭台は高価だったので、教区内で行われるお通夜で使い回していて、ほとんどの場合、故人の身支度を整える女性が持ってきてくれました。お通夜には、近所の人々が集まってきて、みんなでロザリオの祈りを捧げます。お通夜は一晩中続き、そのあいだ隣人たちが交替しながらその場に残って家族と一緒に祈り続け、そうしているうちに、葬儀の時間になるのです。ロザリオの祈りの指揮をとるのは、家族であったり、手伝いに来ている隣人であったりしました。お通夜が営まれている家に司祭が来ることはなく、家族と隣人とで、すべてを行いました。のちに、故人と遺族と会葬者全員が教会へ行き、葬儀が始まるときにはじめて司祭が登場します。自宅で行うお通夜の間は、みんな客間のあちこちに腰かけ、いろいろとおしゃべりしました。こういうときに一族の若い者が、古くからの隣人から、故人の話を聞くことができるのです。というのも、その若者が生まれるずっと前から付き合いがあるのですから。

実家の客間の家具は直立した形になっていて、堅苦しい雰囲気が漂っていました。それでも、つづれ織りの布で覆われた揺り椅子が、暖かく坐り心地の良さそうな雰囲気をかもし出していて、他の椅子の堅苦しさを補っていました。ふわふわのクッションをいくつか置いて揺り椅子に腰かけ、暖炉の前でゆらゆらしていると、心地良い時間を過ごすことができました。私は今でも揺り椅子が大好きで、これほどにも心と体を癒してくれる椅子は他にはないと思っています。昔ながらの形の、良く揺れる揺り椅子では、本を読んだり編み物をしたり、赤ん坊を寝かしつけたりでき、ときには、自分がうとうとすることもできます。伝統的なタイプの揺り椅子はこの上なく坐り心地が良い上に、腰痛を軽減してくれます。ジョン・F・ケネディ元大統領*が執務室に揺り椅子を一脚置いていたのは、そういう理由だったのではないでしょうか。

　客間は、クリスマスや巡回ミサ、あるいは特別なお客の訪問のような、一大イベントのときにその本領を発揮しました。特別なお客とは、その家の出身で、何十年も前にアメリカへ移住した人の子孫のことです。そんなお客を迎えるとき、家の中で居眠りしている蜘蛛を追い払ったり、目に入る物すべてをピカピカに磨いたりと、いろいろな作業をしなくてはなりませんでした。まずはじめに、レースのカーテンを取り外し丁寧に洗いました。徹底的な大掃除が必要となると、壁を塗り直すことさえありました。実家の客間の壁は深紅のバラ色に塗られていましたが、祖母の家の壁はロイヤルブルーでした。塗料は粉状で段ボール箱に入っていて、それを取り出して水で薄めます。それから、専用のはけを使って塗りました。このはけは、漆喰を塗るためのはけより小ぶりでしたが、ペンキ用のはけよりは幅広で、毛がごわごわしていました。塗料を水で薄めて使うため、周りに飛び散らないようそっと塗らなくてはなりませんでした。木製の窓枠には、ユーノ社のエナメルペイントをテレビン油で薄めて塗りました。後に壁紙が出回ると、広く使われるようになりました。壁の表面のでこぼこを隠すことができたからです。椅子やテーブルの足、それにサイドボードにはニスをたっぷり塗りました。客間の陶器はすべて水洗いし、ナイフやフォークを磨き、暖炉の前に置いた絨毯をはがしてよく振ってごみを落とします。それから床を拭いてワックスをかけ、最後に、暖炉に火を入れました。私は、薄暗い夕暮れどき、暖炉の火が燃える静かな客間にこっそり入り込み、揺り椅子に腰かけてゆらゆら揺れながら、天井の低い部分に火が映す影を、ひとり見つめているのが大好きでした。

巡回ミサの日は、朝から教区の司祭がやってきて、客間の暖炉脇に立ち、集まった人たちの罪の告白に耳を傾けました。そのあいだ助任司祭は台所でミサを執り行いました。巡回ミサは地区内の各家庭に割り当てられ、ミサを担当する頻度は、地区の家庭の数によって異なりました。春か秋に行われ、もし都合が悪ければ、他の家に変わってもらうこともできましたが、そんなことをする家庭はめったにありませんでした。ミサが終わると、司祭は献金を集めました。名前を呼ばれた家族は、献金を手に一歩前へ出ます。それが終わると司祭が、次はどの家族が巡回ミサを担当するのか尋ねるので、居合わせた全員が、次は誰の番なのか確認できるのでした。

巡回ミサのあと朝食を出すため、わが家では、洗濯してからほのかに青みをつけ、パリッと糊付けした、母のとっておきのテーブルクロスを食卓に広げました。母が、自分の母親から結婚祝いにもらった高価な食器のセット、それに、揃いのエッグスタンドが食卓を優雅に飾りました。「固形の砂糖」と、なんともありがたみのない名で呼んでいた円錐形の砂糖は、巡回ミサのとき決まって出されるもので、母はこれをつまむために、しゃれたトングを用意していました。バターは、前の日に美しくカールさせた形を作っておきました――形を整えるには木のしゃもじを二本使いましたが、塩をひとつまみ入れたお湯にときどき浸しながら行いました。バターを美しい形に整えて固めるには、特別な技術が必要でした。腕が悪いと、皿の上にべっとりとしたバターがいっぱいに乗っているだけになりました。巡回ミサの日の朝食は、どこの家庭でもだいたいトーストとゆで卵が出されました。

司祭たちが去った後、私たちは、残った食べ物を喜んで食べました。とりわけ、巡回ミサのときだけ出されるぜいたく品だった甘いケーキは奪い合いになりました。その日の午後には、カスタードをかけたトライフル*も食べさせてもらえました。晩には、昼間より多くの隣人や友人知人がやって来て、即興のコンサートが開かれました――全員が歌ったり楽器を演奏したり、詩を朗読したりしました。聞いているだけの人など、誰もいませんでした。

訳注
聖水――カトリック教会で、司祭によって祝別された水。

初聖体――カトリック教会で、幼児洗礼の数年後に初めて聖体を受ける儀式。初聖体拝領。

ジョン・F・ケネディ元大統領――一九一七年〜一九六三年。アメリカ合衆国の第三十五代大統領。父はアイルランド系移民の三代目。

トライフル――スポンジケーキやフルーツなどを器のなかで層状に重ねたお菓子。

第十四章　雌牛と過ごす

雌牛の目の中をのぞくと、心がとても落ち着きます——ふたつの静かな泉の中を見ているような気がするのです。だから私は、台所にあるアガ社製ガスレンジの上の空いた壁に雌牛の絵を飾っています。その雌牛は、家族のあらゆるいとなみに穏やかな眼差しを向け、わが家の空気に静けさとしなやかさをもたらしています。この雌牛と出会ったのは、コーク市にある国営テレビ局のすぐ隣のギャラリーでした。テレビ局のインタビューを受けに行ったのですが、早く到着しすぎてしまい、時間をつぶそうとギャラリーに入りました。生放送のインタビュー前で少々緊張していた私は、ギャラリーの奥で、落ち着きはらった様子で私をじっと見つめるこの雌牛に気づきました。雌牛はアビラの聖テレサのごとく、こう言って私を安心させようとしているようでした。「大丈夫、すべてうまくいくから」そして、その通りになったのです！　この美しい雌牛に向かって私は語りかけました。「うちに来てちょうだい——まさか、最高級のステーキ一頭分の値段はしないでしょ？」幸い、買うことのできる

値段だったので、その日の夕方、雌牛は私と一緒にバスに乗ってイニシャノンへ向かったのでした。新たな住みかにすっかり納まった雌牛を誰もが褒め称えましたが、当の本人はまったく意に介しないようでした。雌牛が人間の意見に一喜一憂することなどありません。浮世のしがらみに左右されない生き物なのです！

幼い頃から、私は牛が大好きでした。なにしろ、私は牛と一緒に育ったも同然です。幼い頃、牛の赤ん坊がこの世界へ生まれ出てくるのを、恐怖と喜びの入り混じった眼差しで見つめたものでした。お産の苦しみにうめき声を立てる母牛の姿には恐怖を覚えました。それでも、卵膜の中から小さな白いひづめが見え始め、ゆっくりと小さな頭が出てきて、ついに体全体が現われて、牛小屋の溝の中に整えておいた藁の上に、ぬめぬめした胎盤と一緒にずるりと落ちると、喜びに胸がふるえました。赤ん坊は口の中に詰まった物を出そうとし、父が手を貸して吐き出させます。それから、まだおぼつかない脚で立たせ、母牛の頭の下に置いたかいば桶のところまで歩かせると、母親は赤ん坊をなめ始めます。母牛が、大きなスポンジのようにザラザラした長い舌で子牛の体中をなめてやると、ぎこちなく動いていた、骨と粘膜の塊みたいだったその生き物は、輝くような立派な子牛に変わります。べとべとしていた体の表面も、小さなカールでいっぱいの毛皮になりました。この変身ぶりに、私はいつも目を見張るのでした。自分の脚で立った子牛は、母牛の体の脇へ頭をうずめ、乳房を探します。子牛がすぐに飲むことができるよう、巨大な乳房からは、栄養満点の初乳がもうぽたぽた流れ出ていました——初乳には、通じを良くする栄養素や免疫成分など、子牛に必要なものが含まれているのです。母も子も、どうすれば良いのかわかっているので、たとえ屋外で出産しても、親子だけでなんとかしてしまうのでした。ただ、何かうまくいかないことがあると助産師が必要になりました。そんなとき、父が助っ人として参上します。当時は、同じ農場で何世代もの牛の血筋が生まれ育っていたので、どの牛が「安産」——父の言い方です——の系統で、どれが難産なのか、父にはわかっていました。もちろん、一頭一頭に名前が付けられていて、牛たちは親戚同然でした。

子牛はすぐに母親から引き離されて、子牛だけの小屋に入れられます。そこで午前と夕方に一回ずつ、牛乳を与えます。それから徐々に与える牛乳を少なくしていき、「クリーム加工所のミルク」と呼んでいたものを与え始めます。これは、加工所でバターやクリーム、チーズなどを作る成分を取り出した後で戻ってきたミルクでした。生まれた時期の違う子牛はそれぞれ別々の小屋に入れ、寝床として使うわらや干し草は、毎日交換しました。好奇心いっぱいの子牛たちが、で跳ね回っている子牛たちを見に行くのは楽しいことでした。好奇心いっぱいの子牛たちが、頭を撫でて欲しいといわんばかりに私の方へ首を伸ばしてくるので、手を差し出すと指をぺろぺろなめました。はじめてバケツに入れた牛乳を与えるとき、指を牛乳につけて子牛に吸わせました。こうすることで、母親のぬくもりがなくてもミルクを飲むことができるようになるのです。そうやって子牛は乳離れしていくのでした。

気候の暖かい初夏になると、子牛たちは不思議に満ちた外の世界へ初めて出ることになります。牛小屋の戸を開け放しても、子牛たちはどうしていいかわからずただ立ちすくんでしまうので、太陽の光の中へ連れ出してやらなくてはなりません。そして、恐る恐る周りをうかがう子牛を集めて、近くの牧草地へ連れて行きます。そこで、好きなように過ごさせるのです。

はじめのうち子牛たちは、よく知らない外の世界に恐れおののいています。この神秘的で驚きに満ちた世界に呆然と立ち尽してしまうのです。壁のない世界——こんなこと、あるの？　そのうち、勇敢な一頭が、ためらいがちに一歩を踏み出し、自分を引き留めるものは何もないとわかると、もう一歩前へ出ます。ほどなくして、さえぎるものがないとわかると、自由になった喜びが体中を駆け巡ります。自分のしたいようにできるのです。子牛は跳ね上がって喜びます！　勝ち誇ったようにしっぽをくるりと巻き、得意になって牧場をあちこち駆け回ると、他の子牛たちも同じように駆け出します。みんな自由になったのです！　子牛たちは心からの喜びを、駆けっこで表しました。子牛がはじめて自由を満喫している姿を見るのは本当に楽しいものでした。子牛たちは、それから小川に到着すると、まったく別の驚くべき世界を発見して喜んでいました。

子牛は夏の間を屋外の牧場で過ごし、その間に、ふわふわの子牛からひょろりとした若者へと成長します。そして、冬が来ると、寒さに凍えないように、農場の牛舎に入れられるのです。子牛たちの嫌がりようといったらありません！　いったん味を占めた彼らは、自由を手放したがらないのです。心地良い屋外の楽しみを知っているため、牛小屋のつなぎ枠におとなしく入るなどありえません。つなぎ枠に入れようとすると、牛たちは不平を鳴らし、自由を求めて外へ突進しようとします。そうこうするうちに人間の力が牛の力に勝り、あきらめた牛たちは、この運命を受け入れる気になります。かぐわしい干し草を夕飯に与えるので、それに釣られてしまうからです。その頃には、満一歳の若くたくましい牛になっていて、それからしばらくすると、牡牛は売られていきます。雌牛はといえば、うちの家畜の雄の助けを借りて若い母親になるのでした。

夏の間、雌牛には牧場で草を食べさせておき、朝と夕方に一度ずつ、乳搾りをするために牛舎に連れて帰ります。雌牛たちはこの日課にすっかり慣れていて、私たちが牧場へ出て行くと、信じ切った大きな目を向け、それから、従順に一列に並んでゲートの方へ歩いて行くのでした。一日のはじまりに、朝露の降りた牧場を、牛の列について歩くほど気分の良いことはありません。雌牛は急ぐということがなく、せきたてられるのを嫌がります。のんびりとした歩みは生まれつきのもので、私たちもそのペースに引きずり込まれてしまうのでした。

当時は、まだ搾乳機が使われ始める前でしたから、牛の脇に置いた三本足の椅子に腰掛けて、乳搾りを手で行っていました。椅子に坐り温かい脇腹に頭をもたせていると、穏やかな心休まる世界に連れて行ってもらえました。はじめのうち、しぼった牛乳がブリキのバケツの底を打ち、耳障りな金属音を立てています。それが、バケツに牛乳が溜まっていくにつれ、やわらかく美しい旋律を奏でるようになるのです。牛舎に入ってその音を聞くと、乳搾りがどの程度まで進んでいるかわかるのでした。牛乳がバケツにいっぱいになると、大型の牛乳缶が置いてある台まで運びます。牛乳缶の口にはモスリンの布がかぶせてあり、牛乳を流し入れながら濾して不純物を取り除きました。

朝食が済むと、牛乳缶を荷車に乗せ、ポニーに引かせてクリーム加工所へと運びます。毎朝、クリーム加工所の順番を待つ列に並んでいる間、農家の男たちは、地元のできごとについて雑談を交わしていました。この列は、野外の社交場でした。男たちは、牛乳の生産や加工所の支払いについて、そしてその他の農作業に関わるあらゆることについて、話し合っていました。それは、当時の「男の社交クラブ」でもあり、農作業に必須の情報交換の場でもあったのです。

夏の間の農作業は楽しいものですが、冬は事情が異なりました。牛たちが牛舎で夜を過ごすようになるので、私たちの仕事が増えるからです。餌を食べさせなくてはなりませんし、小屋の掃除も毎日していました。午前の乳搾りが終わると、雌牛は牧場へ出ていき、そこで日中を過ごします。その間に、牛小屋をきれいに掃いてしまうのです。冬の間ずっと、牛小屋の戸の前には糞の山ができていました。それから、干し草の大きな束を踏み鋤で突き刺して屋根裏からおろし、つなぎ枠の前に置いたかいば桶の中に、いっぱいになるまで入れます。

夕方、雌牛が牧場から戻ってくると、干し草が迎えてくれるというわけです。夕方の乳搾りが終わると、牛たちは落ち着いた様子で食べたものを反芻し、それから、夜の間は静かに眠っています。たくさんの雌牛が、牛舎の中で食べ物を反芻している姿は、この世でいちばん平和な光景に違いありません――人間も食べ物を反芻するようになれば、世界はもっと平和になるでしょうか？　毎晩床に就く前に、父は風防付きランタンに火を入れ、雌牛たちの様子に異変がないか確認するため、ナイチンゲールさながらに出かけて行きました。春が来ると、糞の山を荷車に乗せ、馬に引かせて牧場へ運んでいきました。糞をすべて撒き広げて肥料としたのです。化学肥料など、まだお目見えしていない時代でした――私たちは、そうと意識せずに、有機栽培をしていたのです。

第十五章　あの頃の遊び

私が子どもの頃は、家の仕事を終わらせてからでなければ遊ぶことはできませんでした——仕事は私にとって、楽しい時間の前に立ちはだかる、走り高跳びのバーのようなものでした。バーを跳び越えてしまえば、自由の身になるのです。私は、今になってようやく、詩人のパトリック・キャヴァナが語っていた「楽しみは思いがけないところから現れる」ということの意味がわかるようになりました。つまり、仕事をすれば、その後の楽しい時間のありがたみがわかる、ということです。家の雑用を済ませると、私たちは、そのときどきで熱中していた遊び場——裏の木立か納屋、でなければ干し草置き場——を目指してまっしぐらに駆けて行きました。

「隠れん坊」は、みんなの大好きな遊びでした。鬼は両手で顔を覆い、周りが見えないようにして、大きな声で二十数えます。数えている間に、他の子どもはあちこちに散らばって隠れます。夏の間は広々とした空間を自由に使い、木に登って隠れたり、納屋の干し草俵の間や馬用のかいば桶の中に身を隠したりしたものです。全員を見つけ出すのに何時間もかかることもありました。納屋は隠れるのにうってつけの場所でした。積み重ねてある干し草の中にもぐり込めば、完全に姿をくらますことができました。けれども、あまり深くもぐると息ができなくなり、また、干し草俵のすき間にはまり込むと身動きが取れなくなるので、十分に用心しなくてはなりませんでした。それでも干し草はとても魅力的でした。危険をはらんではいても、いちばんの隠れ場所だったのです。けれども、ひとつだけ問題がありました。犬です。匂いを嗅いで私たちを見つけ出し、そのため隠れん坊が終わってしまうことがありました。ところで、鬼にとって、手っ取り早い探し方は、納屋中の干し草の上へ登り、てっぺんでジャンプすることでした。中に横たわる体は、周りの柔らかな干し草よりずっと固いため、すぐにわかるのです。気の毒にも、体の敏感な部分を鬼に踏まれ、隠れている子どもはすぐさま飛び出してきました。

隠れん坊をすると、いつも必ず、決して見つからない場所に完全に姿を消してしまう「紅はこべ*」がいました。すると、永遠に捜索が続くことになり、他の子どもはうんざりしてしまいます。いい加減に出てきてくれるよう頼んでも、絶対に見つかるまいとして出てきませんし、鬼も意地を張って見つけ出そうとします。ようやく、長い時間が経ったあと、紅はこべが見つかるか、でなければ鬼が降参するかのどちらかになりました。鬼を降参させることができれば素晴らしい勝利です。隠れていた子は、秘密の場所からわざわざ遠回りして姿を現します。また今度、隠れん坊をするときに、その隠れ家を使うつもりなのです——次に隠れん坊をすると、他の子どもたちはみんな鬼になりたがりました。そして、自分が隠れるときのために、くだんの秘密の場所を見つけ出そうと目を光らせるのでした。

冬になると、家の中で隠れん坊をしました。ベッドの下や洋服ダンスに掛けられたコートの後ろ、戸棚に置いた服の下などに隠れ、遊び終わると洋服ダンスや戸棚の中は散らかってしまいました。ベッドの下に隠れた子どもは、ほこりにまみれ、けば立った姿で現れます。家の中を散らかした罪を、その子が償ったというわけです！

「目隠し遊び」も大好きでした。この遊びでは、鬼役の子どもは、タオルを顔にきつく巻いてしばり、周りがまったく見えない状態になります。鬼が十を数える間、他の子はおしゃべりをやめ、忍び足で台所のあちこちへ散らばります。人目につかない片隅や食卓の下、椅子の後ろや下、階段の裏側にある大きな戸棚の後ろの暗闇などに身をひそめ——戸棚の後ろでは「こんな暗がりで、ネズミが出たらどうしよう」とびくびくしたものです。

鬼は両手を伸ばして探りながら台所の中を歩き回り、じっと身を縮めて息をひそめている子どもたちを見つけようとします。鬼は最初に捕まえた子を手で触り、それが誰なのか判断しなくてはなりません。正体がわかったら、今度はその子が鬼になる番です。夏の間は目隠し遊びを納屋ですることもありました。納屋の中には空間がたっぷりありました。というのも、冬の間に干し草の俵を家畜に食べさせてしまい、その後まだ、新しい牧草の刈り入れをしていなかったからです。台所よりずっと広々としていて、目隠し遊びのやりがいがありました。

夏になると、「ワンちゃんの船出」をして遊びました。実家に近い牧場には細長い用水路が、小川に向かって走っていました。これをせき止め、堤防を作って「ワンちゃん」を浮かべるのです。ワンちゃんとは、木立の木の下から拾ってきた棒切れでした。どうして船らしい名前ではなく、この名で呼んでいたのでしょうか——船より犬の方が身近な存在だからかもしれないし、犬は泳ぐことができるからかもしれません。そして、そのあと堰を取り除くと、流れがワンちゃんを運び始めます。流れは下り坂を素早く走り、私たちの船を下の小川へと運びます。子どもたちは流れに沿って駆けながら、長い棒を使って船の方向を修正しました。どの「船長」も、自分の船がレースに勝つのを望んでいました。ときどきワンちゃんが脇の流れに入り込んでしまい、素手で引っ張り出さなくてはならないこともありました。そうなると、レースに勝つことは望めません。下の流れの特定の場所に、最初に到達した船が一等になるからです。夏の間は、学校からの帰り道でも、小川でワンちゃんの船出をして遊んだものでした。流れが大きいため楽しさも倍増しましたが、充分に気をつけなければなりませんでした。というのも、夢中になってワンちゃんを追っているうちに、深い流れに落ちてしまうこともあったからです。

学校からの帰り道では、「カエルのジャンプ」もよくしました。この遊びでは、ひとりをのぞいて全員がカエルになり、列を作ってしゃがみます。残ったひとりが列の端に立ち、それからカエルたちの上を次々と華麗に跳び越えていくのです。飛び越えるのに、カエルの肩に手をつかなくてはならないこともあり、そんなとき、意地悪なカエルが急に体を揺らします。すると、跳ぶ方は地面に落ちて、それで失格となってしまうのです。すべてのカエルを跳び越えることができると、次は列のいちばん後ろのカエルが跳ぶ番になります。大障害物競馬*さながらに、ハプニングや胴体着陸が続出しますが、競馬と違うところは、状況を調べて問題を解決する世話人がいないことでした。だから、言い争いが始まるとえんえんと続き、ついには、カエルが数匹地面に打ちのめされることにもなりました。ノックアウトされなかったカエルの勝利です。

帰宅途中には大きな丘があり、冬の間は道がぬかるんでいて、丘の坂道でスケートをするように滑りました。体を曲げて腰を落とし、底に鋲を打った分厚いブーツをスケートにして坂道を滑り下り、しりもちをついて止まるのです――スキーの滑走のように華麗に停止するなど、到底無理でした！　雪が降り道が凍ると、楽しさが増します。凍結した斜面をより速いスピードで滑り下りるのです。

登下校時には、毎日駆けっこをしていました。みんな競争が大好きだったのです。夏には、川の土手を上ったり下りたりして走り回り、牧場を縦横無尽に駆け回りました。兄と姉たちは、地元のスポーツチームに入っていて――バンティール・スポーツ大会は一大イベントでしたから――その大会に備えるため、私たち妹をライバルに見立てて徒競走の練習をしました。おかげで、きょうだい全員がシロイワヤギのような健康体になりました。後には兄がボクシングクラブを作り、わが家の納屋はボクシンググリングにもなりました。そして、地元の若者たちが、毎晩集まって来ました。一応、クインズベリー・ルール*に則って、フェアプレイの精神で行っていました。兄が変な時間に練習をしたくなることがあり、スパークリングパートナーが見つからないと、私が相手をさせられました。みんなカッシアス・クレー*になったつもりで、納屋の垂木から下げたサンドバッグに向かっていました。

学校では、男子は校庭の片側でサッカーをして遊びました。古くなった靴下を丸めて、濡らした新聞紙をその周りに幾重にも巻いて丸く大きくし、干し草をよったひもでしばって乾かしたものをボールにしていました。時間をかけて濡らしたり乾かしたりしているうちに、けっこう固い玉になるのです。けれども、それよりずっといいのは、豚の膀胱で作ったボールでした。食肉用の豚を殺すと、膀胱を捨てないでとっておきました。それを膨らませてから煙突の中に吊るして乾燥させます。すると数か月後には、まるで本物のボールのようになるのです――プロの試合前に、ゴールポストの後ろにずらりと並べられる、本物のボールには程遠いものでしたけれど。

校庭の反対側では、女子が「猫とネズミ」をして遊びました。この遊びをするには、大勢の子どもが必要です。まず一列に並び、半数ずつ別々の方向を向いて手をつなぎます。列のいちばん端の子が猫になり、もう一方の端の子はネズミで、猫がネズミを捕まえるという遊びです。全員が時計回りに歩き始めます。はじめはゆっくりですが、しだいにスピードを上げていき、ついにはものすごい速さで回るのです。その間、いちばん端の猫は、もう一方の端のネズミを捕まえようとします。突然手を離したら、みんながあちこちに跳び散ることになるため、全員がしっかりと手をつないだままでいます。とりわけ、猫とネズミの手は、しっかり握っていなくてはなりません。猛烈なスピードで回っているときにもし手を離したら、遠心力が働いて、列の端の子どもは身体ごと投げ出されてしまいます。あるとき、ネズミ役の私の手を握っていた子が、離してしまったことがありました。私は、教室の壁に激突しました。そのアクシデントが起こってからは、姉との言い合いで私がちょっとでも生意気な口をきくと、こう言われたものです。「ああそうだった。教室の壁に頭をぶつけておかしくなったのね、かわいそうに」

私が子どもの頃、おもちゃなど、ほとんど誰も持っていませんでした。六歳のとき、サンタクロースから人形をもらい、十代が終わるまで、それがひとつきりのおもちゃでした。私と同じように、その人形も、まだ幼い頃、硬いものに頭をぶつけていました——客間の揺り椅子からすべり落ち、暖炉の手前の床に敷き詰められた大理石に頭をぶつけて脳挫傷を負ったのです。姉のひとりが大手術を行い、硬い素材で作ったつばの広い帽子をかぶせました。それでも頭は、しかるすると、首の痛みをかばっているような姿勢になってしまいました。それでも頭は、しかるべき場所にきちんと収まるようになりました。人形の名前はケイティ・マリアといって、代父*にもらった二匹の小さな木馬とともに、私の生活になくてはならない大切なものでした。この木馬は、わが家の馬の名前を取ってジェリーとジェイムズと名付けていました。こういうおもちゃの他にも、当時アイルランドのどの家庭にもあった聖像が、私たちの遊び相手になりました。幼子イエスと聖テレサ、それに聖ヨセフの像は、柔らかくもなく抱き心地が良いわけでもないのですが、それでも、空想の世界の住人として登場させることはできました。母のミシンの糸車の糸がなくなると、それをタイヤにして小さな木製のカートを作りました。そこにちょっぴり想像力を働かせて輪ゴムを二、三本付け足せば、ちょっとぐらぐらするトラクターができあがりました。また、木片をかぎ爪のような形にうまく削って、丈夫なゴムか自転車のタイヤのチューブを取り付ければ、ぱちんこのできあがりです。これを恐るべき兵器に見立てて遊びました——とはいえ私たちはダビデ*ではありません。ゴリアテが打ち負かされる心配はありませんでした！

　幼い頃、トランプの遊び方を教えてもらい、フォーティ・ファイブやワンハンドレッド・テン、すかんぴん、ドンキーをして遊びました。どれもたいへん盛り上がりましたが、同時に、言い争いも延々と続きました。事態に収拾がつかなくなると、母がトランプを取り上げて「けんかはやめ」と宣言しました。それでも収まらないと、どうしようもなくなって、ロザリオの祈りを捧げる時間だと告げました。みんなから不満の声が上がりますが、母は聞く耳を持ちませんでした。

家の裏手の木立に即席のお店をオープンさせてお店屋さんごっこを始めると、何時間でも遊んでいました。枝と枝の間に渡した商品棚はぐらぐらし、もういらなくなった垂木をカウンターにしていて、錆びた釘が何本も突き出ていました。だから、不注意なお客は、お釣りをもらうときに指先をひっかいてしまうこともありました。もちろん、全員が店員になりたがりました。そのため開店前には必ず、店員になりたい子どもの列ができていました――私たちのお店では、全員が店員でお客がひとりもいない、ということさえあったのです！　だって、町のお店に行けば私たちはお客でしたから、カウンターの中に立つ店員は羨望の的でした。なにしろ、お菓子やアイスクリーム、パンなど、めったに食べさせてもらえないご馳走を、いつでも食べることができるのですから。でも、木立のお店の商品は贅沢品であるはずがなく、ほとんどはがらくたでした。「国内産の製品を買いましょう」などと、お客に勧める必要もありませんでした。選択肢などないのですから。商品には、石ころ、ガチョウの羽根、ジャムの空き瓶、それに、何匹ものネズミを捕まえて、もうお役御免になったネズミ取りまでありました。ある日、空箱を求めて家中を探していると、隣人でイギリス帰りの上品な女性が、おしろいの空き箱をいくつかくれました。見た目が豪華なだけでなく、かぐわしい香りまでします。これで私たちのお店もずいぶん格が上がった、そう喜んだものです。

ところが、お店のある商品を見た父が、心臓発作を起こしそうになったことがありました。

ある日、父は穀物置き場を荒らすネズミを駆除しようとストリキニン*を購入し、子どもたちが手にしないよう泥炭小屋の天井の垂木の上に隠し、それで安心していました。その翌日、私たちが泥炭小屋の戸を開けると、日光を浴びてキラキラ輝く、魅力的な青い瓶が目に留まりました。私たちは梯子を使い、青い瓶を垂木から下ろしました。それからお店に持っていき、商品棚のいちばん目立つ場所に置いたのです。古くからの隣人のビルおじさんは、毎日夕方になると、私たちのお店に来てくれていました。おじさんは商品を値切ったり、品質や値段について質問したりあれこれ言い立てたりして、まるで本物のお店を営んでいる気分にさせてくれました。ところがその晩、青い瓶を見つけたとたん、相当な代価を置くと、ひとことも言い立てることなく瓶を手にさっと立ち去ってしまったのです。あの魅力的な青い瓶があっけなく売れてしまったことに、私たちは少々とまどって――それでも、そのあと、ストリキニンの瓶を手に、ビルおじさんがわが家の台所に現われたときの父の半分もとまどいはしなかったのですが。あのときは、もう少しで閉店させられるところでした！　ところで、私たちが使っていた通貨は、環境に優しいものばかりでした。しなびた野生のリンゴ、サンザシの実、野生のスモモを、それぞれポンド、シリング、ペニーとして使いました。お天気が悪くなればお店はたたみ、次の日には、また別の場所に開店しました。つまり、組み立て式移動店舗のさきがけだったということです！

　私たち姉妹は、夜、ベッドの中で「あの通りを行くメアリー」と名付けたゲームをして遊びました。通りとは、わが家の門から町へ続く道路で、その道沿いには、メアリーが何人も住んでいたのです。だからそのゲームは、話し手がどのメアリーを思い描いているのか言い当てるというものでした。的を絞るためにいろいろ質問し、推理が「好い線を行っている」のかどうか、くだんのメアリーに近づいているのかいないのかを知らされます。そして、うまく言い当てた者が、次のメアリーを選ぶことができるのです。その同じ通り沿いに住むメアリーを選んでも、町にある別の通りに住むメアリーでもいいのですが、私たち姉妹が住人のほとんどを知っている通りでなくてはなりません——でなければ、すぐにどのメアリーか言い当てられてしまうからです。由来はわかりませんが、ほとんど毎晩このゲームをして遊んでいました。そしてそのうちに、眠りに落ちるのです。

町へ出かけておばの家を訪ねると、いとこと一緒に「けんけん遊び」をしました。歩道に埋め込まれた四角いコンクリートを利用するか、でなければ、石やチョークで路上に四角をいくつか描きました。チョークは、教師の子どもが、書斎の机の上からくすねてきたものでした。けんけん遊びのやり方は、四角い枠の真ん中に小さな石をひとつ置いてから片足立ちになり、その石を蹴りながら片足でぴょんぴょん跳んで進むというものでした。すべての枠の中に石を蹴り入れ、跳ぶ回数がいちばん少なかった者が勝ちになります。この遊びを「石けり」と呼ぶこともありました。

紙の上で「キツネとガチョウ」をすることもありました。まず、紙に鉛筆で碁盤の目を描きます。そして、目の中に○と×を入れていき、うまく一列に並べられるかを競うのです。また、ボードゲームの「ルド」や「すごろく」はクリマスプレゼントにもらい、やりたい気分になると取り出してきました。「クローバー畑の豚」という小さなゲームもありました。ガラスのパネルの下に、玉の通り道が円形の迷路のように作られていて、小さな銀色の玉がいくつか入っています。ボードの真ん中にあいた小さな穴に玉をすべて入れるというゲームでした。これはひとりで遊ぶゲームで、なかなか難しく、玉をすべて入れてしまうのに長い時間がかかりました。ほとんどできあがっているときに、あらぬ角度にボードを傾けてしまうと、穴から玉が全部抜け出てあちこちに散らばってしまいます。そうすると、また最初からやり直さなくてはなりませんでした。とてもイライラさせられるゲームでした。

木立に立つ二本のトネリコの大枝にブランコが据え付けてありました。二本の太いロープの先に、小さな木の座席を結び付けたものでした。坐り心地を良くするために、干し草を袋に入れて座席の上に置くこともできました。順番にブランコに乗って、かなり高くなるまで互いに押し合っていましたが、ひとりで漕いでも相当な高さになるブランコでした。というのも、地面が傾斜していたからです。後ろを向いて傾斜を登り、そのまま座席に腰かけて、目の前の低地に向かって勢いよく漕ぎ始めます。漕ぎながら座席をひねってロープをねじると、ブランコがくるくる回転しながら戻りました。あるとき、はしゃぎすぎてロープが切れ、地面に不時着したことがありました。すると、親切な隣人のビルおじさんが、ロープの代わりに鉄製の馬の引き綱を付けてくれました。この交換は大成功でした。ねじったり、アクロバットのような使い方をしても、摩擦で綱が切れる危険はもうありませんでした。

ある日の夕方、乳搾りを終えた雌牛が牧場へ出ていく途中で木立に迷い込んでしまいました。牧場の仲間のところへ戻ろうとして、どこをどう迷ったものか、ブランコに覆いかぶさって二本の前足をバタバタさせていたのです。腹の下に座席がはまり込んだ状態でしたが、ブランコは自分の仕事を全うしようとして、雌牛を前方へ押し上げ、そして後方の空中へと持ち上げていたのです。雌牛はもがき、ブランコは揺れ続けました。これは、ちょっとした見ものでした。もしロープだったら、ぷつんと切れて雌牛は解放されていたでしょう。ところが鉄の綱は、まったく動じなかったのです。うちのブランコを雌牛が漕いでいるなんて、なんと愉快な光景でしょう。ところが父にとっては、おもしろい光景ではありませんでした。日頃から穏やかな性格とはいいがたい人でしたが、この光景を見て完全に冷静さを失い、猛烈な怒りを爆発させました。気の毒な雌牛に向かって下品な言葉を言い放ち、その場にいないビルおじさんに、あらん限りの罵声を浴びせたのです。元来雌牛は、興奮しやすい性質ではありません。ところが、この雌牛にとってはブランコに乗るのは初めての体験で、完全に気が動転していました。そして父も、気が動転していたのです。どちらも一触即発の状態でした。雌牛という生き物は興奮すると、排便のコントロールができなくなります。そして、あいにく父は、ちょうど直撃を受けそうな場所に立っていました。これでは、最悪の事態になりそうです。でもここで、ありがたいことに母の穏やかな性格を受け継いだ兄が、雌牛の後ろにするりと入り込み、ぐいっと押しました。すると、前方へよろめいて足を引きずり、ブランコが腹の下から外れた瞬間、雌牛は空高くジャンプしたのです。そして無事に、大地に着地しました。まるで月まで届けとばかりに雌牛がジャンプしたのを、私は初めて目にしました。

縄跳びも、挑戦しがいのある遊びでした。ひとりが跳んでいる間、もうひとりが跳んだ回数を数えます。縄跳びの縄は、サンタクロースがプレゼントしてくれたり、家計に余裕があると近所の店で買ってもらったりしました。でもたいていは、干し草を束ね終わって余ったひもを使っていました。より多く跳ぶことのできた方が勝ちでした。ときには、農作業で使う長いロープを取り出してきて、両端をふたりで持って回すこともありました。跳ぶ子どもは、踏み込むタイミングをうまく計らなくてはなりませんでした――さもなければ、脚の裏側にぴしゃりと縄が当たります。そうすると、痛くて体がうまく動かなくなり、足を高く上げて華麗に縄の中に入り込むことができなくなりました。

私が子どもの頃は、おもちゃなどほとんどなく、テレビもありませんでした。だから、自分たちでいろいろ工夫して遊んでいたのです。私が大人になってから、うちの子どもたちが、おもちゃに囲まれていながら退屈だと不平を鳴らしたとき、私は厳しく言い放ちました。退屈するなんて、つまらない人間だけがすることよ。今は大人になった彼らは、この辛辣な言葉を私に思い出させては喜んでいます。

訳注

紅はこべ――バロネス・オルツィ（一八六五年～一九四七年）作の同名の冒険小説に登場する謎の秘密結社。この一団は、恐怖政治下のフランスから貴族たちを次々とイギリスに脱出させる。革命政府は捕えようと躍起になるが、紅はこべは華麗な方法で姿をくらまし目的を遂げていく。

大障害物競馬――英国エイントリー競馬場で毎年三月に行われる競馬。コース上に計十六個設置されている障害物を延べ三十回跳び越える。

クインズベリー・ルール――十九世紀にイギリスで定められたボクシングのルール。現在のボクシングの基礎となっている。

カッシアス・クレー――アメリカ合衆国のプロボクサー、モハメド・アリ（一九四二年～二〇一六年）の、イスラム教改宗前のリングネーム。

代父――ゴッドファーザー。カトリック教会で、生まれた子どもの洗礼や堅信礼に立ち会い、その子どもの宗教教育に責任を持つ男性。

ダビデ――旧約聖書に出てくるイスラエルの羊飼いの少年。ペリシテ人最強の戦士ゴリアテを、石を投じて倒した。

ストリキニン――アルカロイドの一種。非常に毒性が強い。

第十六章　子豚の世話

現代のように、清潔さにあふれ安全衛生にとりつかれた社会では考えられないことですが、昔は、雌豚を家庭の台所に連れて来て出産させていました。なんと野蛮なことを、とあざ笑う前に、ちょっと考えてみてください。経済的に厳しかったその時代、一家が生きていくために、家畜はとても大切な存在だったのです。生活保護の制度などなく、食糧がなければ飢えるだけでした。農場の家畜は食糧をもたらしてくれるため、暖房のない冷え切った豚小屋で、大切な子豚を産ませるなど、できることではなかったのです。一家の子どもが生きていけるかどうかは、その子豚たちにかかっていました。だからあの当時、母豚と子豚たちは、価値を下げてはならない債券のような存在でした。確かに、芳しい香りはしなかったでしょう。それでも、何かと支払いの多い年末に、債券のように煙となって消え失せるということはありませんでした。このように、家畜には実用的な面もありましたが、私たち子どもは、家畜の様子を観察したり、大人が世話をするのを間近に見たりしながら、その世話の仕方や生きていくのに必要なことを学んでいたのです。

英語の「豚のように無知」という表現を、一度は耳にしたことがあるでしょう。こんな軽蔑的な表現がどうしてできあがったのかわかりませんが、これは大きな間違いで、利口な生き物である豚の名誉を損なう言い方です。試しに、豚にとって得にならないことをやらせてみてください。人間と豚のどちらが賢いか、すぐにわかるはずです。ダウントン・アビー*に登場する人々のテーブルマナーは望めないかもしれませんが、豚は生きるための知恵をしっかりと身につけているのです。人間は、赤ん坊に哺乳瓶でミルクをやるようになってしまったというのに、豚は賢いことに、あくまでも母乳で育てようとしているではありませんか。今では人間の母親たちが、自然のままの食べ物で子どもを育てることの素晴らしさを見直しているほどです。私たち人間は、動物にもっと多くを学ぶべきなのかもしれません……

雌豚のベッツィは、いつも餌を求め、下を向いて農場内をうろついていました。それが、出産が近くなると、まったく別の行動をとるようになりました。気持ちが不安定で興奮しやすいので、なるべく近寄らないのが得策でした。庭先や干し草置き場をうろうろしたり、納屋の中へ入ってみたりして、子豚を産むための心地良いねぐらをこしらえる場所を探しています。お産用ベッドを作ろうと、納屋から干し草を引っ張り出しますが、いいなと思った場所も、すぐに、やっぱりだめだと思うようでした。陣痛が、ベッツィをこんな行動に駆り立てているのでした。その間、母はベッツィのふるまいを注意深く見守っていました。やがて

「そろそろ分娩室に入れていい頃合いね」と判断することになります。分娩室は台所脇の小さなスペースで、普段は、学校に着ていく上着とブーツ、家畜の餌を入れるバケツ、それに農作業に必要な道具が置いてある場所でした。それを全部運び出してから部屋の中を消毒薬でゴシゴシこすり、隅にふかふかの藁を敷き詰めます。これで、分娩室のできあがりです。

ところがベッツィには別の心づもりがあるようで、家の中に入れるのは大変な仕事でした。みんなで壁のように横一列に並び――子どもはさかんに声を掛け、大人は断固とした態度で迫ります。藁を目にしてベッツィはようやく状況を理解し、「仕方がない、ここでもいいか」と思うようでした。そして、足とあごを使ってただちに寝床を作り始めます。心ゆくまで整えて、ようやくそこに体を横たえますが、すぐにまた起き上がり、寝床作りを再開するのです。日が暮れて夜になり、私たちの就寝時間が近づきました。まだ子豚が誕生しないので、出産を手助けする夜勤の看護師が必要になりました。この雌豚は出産の試練を何度も経験し、子豚を産むのに慣れてはいるのですが、母親としての資質に少々難点がありました。キィキィ鳴く赤ん坊に囲まれて横たわっているうちに、そのうち一匹を下敷きにして、つぶして死なせてしまうのです。こんなことを言うと、血も涙もない冷酷な母親に聞こえるかもしれません。ベッツィの名誉のために言っておくと、一度に二〇もの赤ん坊を産むのですから、どんなに熱心な母親でも、母性本能がすり減ってしまうのです。それにしてもこの豚には、性格上のもっと大きな問題がありました。子豚に気に障ることをされて我慢の限界に達すると、大きな口をカッと開いてそのいたずらっ子を飲み込んでしまうのです。まさに共喰いです。でも、よく考えてみれば、豚の祖先は、生きるために目に入るものを片っ端から食べてしまう野生の猪なのです。だからストレスにさらされたベッツィが野蛮なふるまいに走るのは仕方がないことなのでしょう――私は本能的にこう思いました。もしベッツィの機嫌を損ねたら、私もエサにされてしまうかも。目の前に立ちはだかる雌豚を見て、真剣にそう考えたのです。ベッツィは動物園の動物のようでした。飼育員や調教師に慣れ、良好な関係を築いても、野生の本能が残っていて、先祖返りすることがあったのです。

そんな具合に様々な危険がありましたが、七歳の私は大きな野望を抱いていました。一晩中起きていて子豚の世話をしたいと思っていたのです。実はこの野望は子豚とはまったく関係がなく、本当は、真夜中の世界が見たくて仕方がなかっただけなのですが。家の外は特別な臭いがするのかな？　昼間とは違って見える？　夜食ってどんな味？　ひとりきりになってどうだろう？　時計の針が昼の一時や二時、三時を指すのは見るけれど、それが夜中だったらどんな感じだろう、といつも思っていたのです。

今こそ絶好のチャンス！　ところが、まだ幼い私が目的を遂げるには、母と夜勤の看護師役を説得し、私が役に立つと信じ込ませる必要がありました。夜の仕事をしっかりとやり遂げるには、人員がふたり必要なため、看護師がもうひとりいるはずでした。まずはっきりさせておきたいのは、誰がチーフの看護師かということでした。その日の当番は私と仲良しの姉だとわかり、私はその姉に働きかけました。そして、姉を味方につけてしまうと、母を言いくるめるのはたやすいことでした。これで准看護師になれる！

両親と姉たち、兄が二階へ消えていくのを見届けると、嬉しさがこみ上げてきました。部屋中がしんと静まり返っています。時計がチクタク時を刻む音が聞こえます。こんなにはっきりと聞いたのは初めてでした。いつもは、台所の騒々しさに掻き消されていたのです。まるで、わが家の心臓の鼓動を聞いているようでした。暖炉の火に薪をくべると、姉は本を読み始めました。私は立ち上がり、家のあちこちを歩き回って、静けさに耳を澄ましたり、窓を開けて夜空を見上げたりしました。外の木々は真っ黒な影になっていて、その後ろにあるはずのケリーの山々は見えません。でも、そこに山が連なっているのはわかっていました。夜のあいだ眠り続ける怪物のように、山脈は鳴りを潜めているのでした。庭のいちばん隅にあるトネリコの大木の枝の間から、月がのぞいていました。外に散歩に行きたいとも思いましたが、夜中に外をうろつく幽霊の話をたくさん聞きすぎていました。しばらくして、私たちは料理をすることにしました。リンゴのタルトを焼いて、あとで夜食として食べるのです。

姉が、おとなしくしているベッツィの様子を見に行きました。ところが何とまあすでに、ベッツィはお産で忙しく、小さな子豚が二匹、しっぽの下からするりと滑り出ていたのです。姉は柔らかい干し草をつかむと、生まれたての二匹の子豚の体にまとわりついている粘液をふき取り、二匹を母豚の大きなおっぱいに押しつけました。私は、きれいな淡いピンク色の子豚たちに触れてみました。タンポポの綿毛のようにふわふわです。子豚はどうしたらよいのか本能的に知っていて、短いしっぽをふりふりベッツィのおっぱいから出るミルクを夢中で飲んでいます。そのあとも子豚が次々に滑り出てきて、ついに、ベッツィの膨らんだおっぱいに沿って、ぷるぷる揺れるしっぽのついたピンク色の雪のかたまりのようなものが一列に並びました。お産が始まると、ベッツィはほとんど苦しみませんでした。ストレスや苦しみは、その前の段階までだったのです。生まれた二〇匹の中に、弱々しい子豚が一匹いました。いちばんのおちびちゃんです。他の子豚たちのように強くないので、ミルクを飲みたくてもおっぱい争奪戦を勝ち抜くことができません。私たちは、暖炉脇に置いたバターの木箱にその子を移し、哺乳瓶でミルクをやりました。万一の場合のため、母が用意していたのです。これは本当に楽しい経験でした。

午前二時ころベッツィは出産を終え、姉と私は夜食にトーストとリンゴのタルト、それに紅茶をいただくことにしました。嬉しくて仕方がありませんでした。この瞬間を待っていたからです。姉が自在かぎにやかんを掛け、暖炉の火の上にスライドさせました。私はトーストを焼きました。準備を整えてから、暖炉の前に腰をおろし、お盆に乗せた食べ物を食べました。食卓以外で食べるのは初めてで、最高の気分でした。ああ、私、大人になったんだわ！

夜食の後、私は暖炉脇の古ぼけたソファーで横になって少し休むことにしました。ところが、暖炉の心地よい暖かさに包まれてうとうとしてしまい、目が覚めるともう四時になっていたのです。ええっ、信じられない！　一晩中起きていたかったのに、誰かにだまされた気分でした。そのとき急にベッツィが、おっぱいに群がる子どもたちから解放されたくなったようで、足を伸ばして気分転換しようとしたのです。無頓着に立ち上がり、子豚たちをあちこちにまき散らしました。踏みつぶさんばかりの勢いで歩き出したので、私たちは台所掃除用ブラシで、母豚の足元から子豚をすくい上げて移動させました。母豚が戸口から外へぶらぶら出ていくと、子豚たちは身を寄せ合い、頭としっぽがたくさん付いたひとつの塊になって眠ってしまいました。

ところが、戻ってきたときの態度は、出かけたときよりもひどかったのです。寝床にずかずか入ってくるなり、子豚より寝心地が大事だといわんばかりに藁をささっと整えると、子豚がどこにいるかなんてどうでもいいと、寝床の真ん中にどさりと身を横たえたのです。たいへん！　助け出さなくちゃ！　私たちは母豚の体の下から、キーキー騒ぐ子豚をさっとひっつかんでは出してやりました。ベッツィがクジラのような巨体を落ち着けると、子豚たちが周りに群がりました。お腹を空かせた小さな口へミルクを出してやりながら、ベッツィは規則的な低い鳴き声を漏らしていました。

朝の光が窓からそっと差し込む時間になると、暗闇に潜む悪霊は全部消えてしまったから、もう外へ出ても大丈夫、そう思えました。そして、玄関の扉を開けると、目の前に信じられ

ない光景が広がっていたのです。私は、黄金に輝く朝焼けの中へ踏み出していきました。周りの木々は金で縁取られていて、後ろに広がる大空が、黄金の帯を滝のように下の山々に広げていました。思わず、息をのみました。夜明けの光のコーラスが、まるで交響楽のように響いてくるようで、あたり一面を満たしていました。寝ずの番をしたおかげで、私は、魔法の瞬間を迎えることができたのです！

水仙

ウィリアム・ワーズワス

谷を越え山を越えて空高く流れてゆく
白い一片の雲のように、私は独り悄然《しょうぜん》としてさまよっていた。
すると、全く突如として、眼の前に花の群れが、
黄金色に輝く夥《おびただ》しい水仙の花の群れが、現われた。
湖の岸辺に沿い、樹々の緑に映え、そよ風に
吹かれながら、ゆらゆらと揺れ動き、躍っていたのだ。

夜空にかかる天の川に浮かぶ
燦《きら》めく星の群れのように、水仙の花はきれめなく、

入江を縁どるかのように、はてしもなく、
蜿蜿《えんえん》と一本の線となって続いていた。
一目見ただけで、ゆうに一万本はあったと思う、
それが皆顔をあげ、嬉々として躍っていたのだ。

入江の小波《さざなみ》もそれに応じて躍ってはいたが、さすがの
燦めく小波でも、陽気さにかけては水仙には及ばなかった。
かくも歓喜に溢れた友だちに迎えられては、苟《いやしく》も
詩人たる者、陽気にならざるをえなかったのだ！
私は見た、眸《ひとみ》をこらして見た、だがこの情景がどれほど豊かな
恩恵を自分にもたらしたかは、その時には気づかなかった。

というのは、その後、空しい思い、寂しい思いに
襲われて、私が長椅子に愁然として身を横たえているとき、
孤独の祝福であるわが内なる眼に、しばしば、
突然この時の情景が鮮やかに蘇るからだ。
そして、私の心はただひたすら歓喜にうち慄《ふる》え、

水仙の花の群れと一緒になって躍り出すからだ。

（平井正穂編『イギリス名詩選』岩波文庫）

訳注
ダウントン・アビー——イギリスの人気テレビドラマ。一九一〇年代～二〇年代のイングランドが舞台で、架空のカントリー・ハウスに住む貴族とその使用人たちの生活を描いている。

第十七章　馬に引き具を付ける

わが家の馬は、スーパーモデル並みの衣装持ちでした。畑を耕すときの姿と牧草を刈るときの格好は違っていましたし、それに加えて、クリーム加工所へ行くときはまた別の身支度で出かけます。馬は生活のあらゆる場面で、異なる用具を付けていたのです。日曜に軽馬車を引いてミサに出かけるときのいでたちがいちばん上等で、つやつやした革にぴかぴかの真鍮の金具が付いた馬具を身に着けました。それより下のランクでは、仕事用のくさりに至るまで、すべて丈夫で長持ちすることが大事で、外見の美しさや隣人をうらやましがらせることは二の次でした。

馬に引き具を付けるときは、こまごました道具をよく知っていて、何をどこにどう付けたら良いかという基本を知らなくてはなりませんでした。つまり、正しい装着方法をマスターしている必要がありました。それから、その馬の性格をわきまえていて、自信に満ちあふれた態度で事にあたらなければなりません。この人間は慣れていないな、馬はそう感じ取ると、協力なんてするもんか、と決め込むことがあるからです。そうなったらさあ大変！　言うことを聞かない子どものように、跳びはねたり、たった今付けたばかりの用具を振り落としたりするのです。バックしたり跳ねまわったりして、そもそも、はじめから何も付けさせず、馬具を装着するなど到底できないこともあります。ひとっ走りしてくるか、と言わんばかりに牧場へ駆け出した馬を、後から追いかけるはめになります。馬は、こんな風に冷酷になることもある動物なのです。そんなときの、ダンスをするような馬の見事な足さばきを見ていると、バレエやアイリッシュダンスでダンサーが空中に跳び上がったときの、足の動きの基本はこれだと思えてきます——馬は人より先に、素晴らしい足さばきで駆けていたわけですから。

装着のややこしい引き具ですが、おおまかに言うと、三つの部分で成り立っています。まず馬を引くための部分、次に首輪の部分、最後に、車の梶棒を支え、馬を後退させるための部分です。

引き具を付けるときは、はじめに頭部に目隠しを付けます。これに、耳の後ろへまわす長いうなじ革、それに頬革とはみ*をつなぎ合わせ、これを引いて馬を導くのです。うなじ革は喉の部分でしっかりと締め、頬革は口にかませたはみに締金で留めます。はみの両側は輪になっていて、そこに手綱をつなげます。手綱は、細長い革ひもか縄で、はみの輪からくびきの穴と背に乗せる木枠の穴を通って御者の手元へ到達します。

次は首輪です。これはパッド付きの革の首当てで、首と肩の周りにちょうど良くフィットするようにできています。この用具は重いので、馬が頭をのけぞらせて脇へ逃げないようにして、首の高さに持ち上げてしっかりと固定するには、巧みな技術が求められました。首輪をちょうど良い具合に装着するのは、機敏さとタイミングを要する、馬と飼い主との共同作業だったのです。パッドの部分は毛布に使うのと同じ純毛素材で作ってあり、その中に馬のたてがみや尾の毛が入れてありました。この素材は保温性に富んで手触りが良く、首回りに心地良くフィットして、重い革の摩擦を軽減させていました。クリーム色の地に赤か青の太い線の入ったストライプ柄で、本当に最高級のもので、当時アイルランド国内にたくさんあった毛織物工場のひとつで作ったものでした。その工場では、どの家庭のベッドにも置かれている、暖かいウールの毛布を作っていました――掛布団というものが、私たちの寝床に侵入してきて毛布を追いやる前の時代のことです。馬たちは現在も、純毛や、最高級の高価な革で作られたものを身に着けています。一九四八年当時、コーク市のボウリング・グリーン通りにあった、最高級品の取り扱い専門店デイズで、馬の首輪が二ポンド一〇シリングしましたが、これはかなり高額でした。要するに、馬たちはいつも上等な身なりをしていたというわけです。

首輪の外側に添わせるように、くびきと呼ぶ両端の尖った二本の鉄の棒を取り付けました。くびきの上の部分を革ひもで、下の部分はくさりで首輪に留めます。下のくさりをしっかり

留めてから、上の革ひもを鉄の輪に通し、くびきをぎゅっと首輪に引き寄せて留めるのです。両方のくびきには外向きに輪がひとつ付いているので、その輪に、はみにつないだ手綱を通します。くびきは、とても扱いにくい道具で、英語に次のような表現があるほどです――何か失敗をやらかしたとき、「まったく、くびきにしちゃったね（台無しにしたね）」と言われるのです。そう言われたら、面目まるつぶれです！

後ろに付ける荷車の梶棒を支えるのは、馬の背に乗せる、木製のがっしりとした枠です。乗馬用の鞍に似ていますが、鞍よりもっと丈が高く、横幅が狭く、重さは軽く作られています。この用具には上向きに、手綱を通すための輪がふたつ、それに、止め手綱を掛けるフックがひとつ付いています。木枠を腹帯で馬に固定し、引いている荷車の梶棒はくさりでつなげます。木枠の真ん中を背帯と呼ぶ長い革ひもが通り、それが体の後方にまわす尻帯とつながり、尻帯は梶棒ともつながっています。この尻帯は、馬が停止するときに後足と臀部にかかる圧力を軽減させるものでした――馬もこのことをよく知っていて、尻帯がきちんと装着されていないと嫌がるのでした。

農場の馬は、役目をいくつもこなす働き者でした。日曜には軽馬車を引いてミサへ出かけ、毎日クリーム加工所へ通い、カラスムギや牧草を刈り、鋤を引きます――そして、それぞれの作業で、別々の馬具を使っていたのです。馬具をいくつかはずして行う作業もあれば、鋤を引いたり牧草を刈ったりするときに使う長い引き綱のように、いつもの馬具に追加して装

着するものもありました。それでも、どの農夫も、長いあいだ馬と一緒に仕事をするうちに、作業に合わせてどの馬具を付けたらよいのかわかるようになるのでした。

うちの農場では、馬屋の裏側にある、間仕切りした部分に馬具を吊り下げてありました。そこは、子牛が入る場所でした。馬屋は、鉄で屋根をふいた石造りの建物で、横木で馬を一頭ずつ仕切って、互いに仲たがいしないようにしてありました。ときどき頭上の垂木の間から大きなメンフクロウが姿を現し、馬たちに目を光らせていました。馬たちの目の前には、飼葉を入れる溝が横に走っていて、牧場に出ることができない冬の間、この中に干し草を投げ入れておくのでした。夏の間は、馬も牛と一緒に牧場へ出て草を食んでいました。馬専用の牧場がひとつあり、「ホースフィールド」と呼んでいました。

農場にある乗り物の中でいちばん高級とみなされていた軽馬車には専用の小屋があり、馬車用の馬具も、そのすぐ脇に吊るしてありました。軽馬車の座席には、馬の毛を詰めた長いクッションが置いてあり、これを土曜の夜にときどき台所へ持ち込みました。母の言葉で言うと、日曜のミサに出かける前に、「クッションに暖めた空気を通す」ためでした。ミサへ馬車を引いて行くのは、ポニーの仕事でした。馬は牧場で休ませておきました。そこで祈りを捧げれば良いことになっていたのです。

訳注
はみ――馬の口に含ませる、金属製の馬具。くつわ。

第十八章　大地の実り

農場のゲートのすぐ内側にあるブレイクフィールドは、うちの農場でいちばん大きく立派な土地でした。黒っぽい土は養分たっぷりで、父は「上等な土」と呼んでいました。この土地は、いろいろなことに使われていて、そこで耕作や放牧をしたり、牧草を育てたりしていました。夏の間は牧草を育てておき、草を刈った後は牛を放牧し、春が来ると耕して畑にしました。農場の土地のひとつひとつに名前がついていて、それぞれ特徴が違っていました。私たちは、そのすべてを把握していたのです。どの土地もくまなく歩き、近道に土地の境の溝をまたいで家畜をあちこち歩かせていました。ある土地で牧草を刈ると、何時間もかけて草を拾い集め、夏の終わりに家畜を納屋へ連れていくための小道をつけました。家畜は冬を納屋で過ごすからです。

二月はじめの朝、父は、溝の中にしまっておいた、馬に引かせる鋤を引き上げ、使える状態か調べます。とはいえ、鋤に不具合があることなど、まずありませんでした。それから馬に鋤を装着し、まず、土地の端に沿って土を掘り起こしました。まる一日かけて行う大仕事が、そうやって始まるのです。畑をすみずみまで耕すのは、とてつもなく大変な作業ですが、人と馬が力を合わせ、細長い畑を何時間もいったりきたりして耕しました。父のどっしりとした革のブーツには茶色い土くれがこびりつきました。耕した後をカラスやカモメが追って飛び、地面に出てきた虫をついばんでいました。しばらくして私たちが、父が畑で食べるための軽食を運んでいくと、どういうわけか、父はいつも心穏やかな顔つきをしていました。何時間もひとり静かに作業をしている間に、心が落ち着いて安らかになるようでした。普段は穏やかでも大らかでもない父が、畑を耕しているときだけはそうなるのです。大地を耕す父の魂を何かがなだめるようでした。

私たちは畑のいちばん低いところで、父が作っている畝ができるのを待ちました。地面の起伏に沿って、長い畝が波打つようにいくつもできていました。父は、私たちが運んだお茶を、白いほうろうの水差しからじかに飲み、黒パンを食べました。そのあいだ馬は、溝のそばで草を食べていました。畑の端に立ち、茶色い畝が、緑の牧草地とコントラストをなすようにきれいに並んでいるのを見るのは気持ちの良いことでした。畝は、種を植え付けられ、茶色い腹に太陽の光や風や雨が当たるのを待っているのです。夕暮れどきになると、父も馬もひざまで泥だらけで帰ってきました。冬の間の十一月に耕作をすることもありましたが、そうすると、できたばかりの畝が冬の天気のもとで落ち着くのに、数か月はかかりました。

耕作したあとは、人も馬もしばらく休み、陽射しが明るい春の日に作業を再開します。今度は鋤ではなく馬鍬を使います。これは大きな芋虫のような形で、下の部分に鉄の歯がいくつもついており、それが畝にしっかりと入り込んでかき回し、柔らかな土にするのです。整然と並ぶ畝を壊してしまうのは、なんだかもったいない気がしました。でも、そのまま残しておく畝もいくつかあり、後でジャガイモや他の作物を植えました。

数日後、今度は種まき機の出番になります。これは細長い木箱で、ふたを持ち上げると、底に向かって狭くなっています。底の部分に小さなじょうごが列になって並んで付いていて、それが地面に届くようになっていました。この種まき機の中に、袋に入った穀物の種をざっと空け、馬に引かせながら、種を地面にまいていくのです。その後で、種を植えた土を、馬に引かせたローラーでならしました。これは、畑を荒らすカラスから、種を隠すためでもありました。カラスを追い払うのに、大きな案山子を立てることもありますが、相手が悪賢くて効き目がないことも多かったのです。さて、人と馬とでできることはこれで終わり、後は神頼みでした——神様がお忘れになるかもしれないので、思い出してもらえるように、母は畑に聖水をまくこともありました！

数週間すると、茶色い大地から緑色の小さな輝きが現れはじめ、少しずつ上へ伸びていきました。うちの穀物が芽を出したのです。成長していくうちに、小麦、オート麦、大麦それぞれの違いが現われてきて、暖かい夏の間にそれぞれが違う色合いの金色になりました。そこから先、穂が実るまでに心配なのは、激しい雨や強風で倒されてしまうことで——もしそうなったら、収穫しにくくなる上に、腐ってしまう可能性もありました。そんなことでもなく、夏のあいだ良い天気が続けば、麦は上々の状態を保ち、八月には収穫できるくらいに成長しました。

穀物の刈り入れは一大イベントで、近隣の農家から人が大勢集まりました。みんなで畑の端にずらりと並び、刈り取った穂を次々に束ねていきます。ひとりが刈り取り機を引く馬を歩かせ、父は、もうひとつ据え付けておいた座席に腰掛けて、刈り取った麦を、束ねるのにちょうど良い分量に分けていきました。束ね役が後ろで待ち構えていて、刈り取った麦から数本を引き抜くとそれで麦を巻いて束ね、邪魔にならない脇へ放ります。次の麦の列へ移動するのに馬が戻ってくるので、歩くスペースを空けておかなくてはならないからでした。そうやって昼の休憩以外はずっと働き続け、畑じゅうの麦を刈り取ってしまうため、畑は麦の束でいっぱいになりました。それから束を拾い集め、一ダースほどをひと組にして、互いに支え合うようにして立たせます。そして数日たってから、それを集めて積み重ね、山を作りました。そのあと数週間たったら、馬に引かせた荷車で、今度は干し草置き場へ運ぶのです。

次は脱穀で、これは一年の農作業のハイライトともいえる大仕事でした。脱穀作業の前の晩、爆音を響かせながら脱穀機が干し草置き場にやって来ました。木製の長い不格好な装置で、湯気を立てた蒸気エンジンに引かれ、ガタガタ振動しながらやって来ます。このちょっとした「見世物」の動きが安定し、操作する農夫たちが満足するまでには、ずいぶんと時間がかかりました。はじめのうちしばらくは煙や湯気をもくもく吐き出して、それから前や後ろに勝手に動くのです。

作業当日の朝早く、脱穀機のうなり声を聞きつけて、一年の農作業でいちばん多くの人が集まってきました。農夫たちが三叉を肩にかつぎ、野原を横切って小道を通り、溝をまたいでわが家の干し草置き場にやって来るのです。あらかじめ知らせておく必要はありませんでした。脱穀機があちこちの農場の脇を通っていくのを隣人たちはよく見ていて、この装置がうなり声を轟かせると、おのずと集まって来るのでした。脱穀は大仕事をする機会であり、隣接する地域の農夫たちが集う社交場の役割も担っていました。みんな脱穀の手助けを何度も経験しているため、誰かが指揮をとる必要もありません。数人でグループを作り、すべきことを開始します。何人かが刈り取った穀物を覆っているカバーを外し、束を脱穀機の上に投げ上げると、他の数人がそれを脱穀機の中へ入れます。すると、穀粒が分けられ、後方から麦わらが出てきます。別の農夫たちが、三叉を使って麦わらを放り、待ち構えた別のグループが麦わらの山を作ります。殻やぬかが装置の脇から出てくるので、それを捨てる役目の農夫もいました。そして、装置の前からはまばゆい黄金の粒が流れ出てくるのです。脱穀機の正面から出てくる、この穀粒の姿を見て、ようやく収穫といえるのでした。穀粒を分けて細いじょうごに入れていくと、その先に付いた麻袋に入ります。袋のひとつひとつにじょうごが付いているのです。父は片手を差し出して最初に出てくる粒を受け、じっくりと調べていました。それから何粒かを口に含み、かみしめました。父が満足げにうなずくと、すべてうまくいったことがわかります。素晴らしい麦ができたのです。

それから農夫たちは、重い麻袋を牛舎の屋根裏の穀物置き場へ運び上げ、木の床に次々と置いていきました。小麦とオーツ麦、大麦を、きちんと別々に積み重ねていきます。小麦は粉ひき場へ運ばれて粉になって戻ってくることになり、オーツ麦は鶏や馬に与えられ、大麦はこの土地から遠く離れていくのです。

その夜、わが家の干し草置き場は、麦の山が藁の山に変わり、大量のぬかや殻が散らばっていました。脱穀機の爆音の調子が変わり、ガタッと振動して止まります。農夫たちが、それぞれの家の方向へ散らばっていきます。帰って乳搾りをするのです。お礼を言う者はいません。別の機会に親切にして恩返しをすればいいのです。

脱穀機を運転してきた農夫たちは、うちの干し草置き場からその不格好な装置を移動させるため、もうひと仕事し始めます。うなり声を上げながら、脱穀機が小道へ出て行くのを眺めていると、なんだか寂しくなりました。父はほっと安堵の溜息をつき、干し草置き場を横切ると、穀物を置いた屋根裏へ入る戸を開きました。そこには、黄金の穀粒がぎっしり積まれていました。父は、心から満足していました。そして、台所の母もそうでした。母は、大勢の農夫たちに食べ物を出していたのです。干し草置き場には、ガチョウやアヒル、鶏が大

喜びで群れ集まり、麦わらや殻を夢中でついばんでいました。これからしばらくは、おいしいごちそうを食べることができるのです。

私たちに食糧を提供してくれる大地は、家畜の牛や馬にも食べ物を与えていました。ただ、家畜がうちで飼育できる頭数の限度を超えると、市場へ出すことになります。私の住む地域では、牛の市が年に二度、馬の市は年に一度、開催されました。市の朝早く、牛を集めて町までの三マイルを歩かせていかなくてはなりませんでした。「早起きは三文の徳」というように、ちょうど良いときに良い場所にいることで、良い取引が成立することが多かったからです。家畜の仲買人は、たいていは革製の長いブーツに色あせたズボンという格好で、市場の外の路上で抜け目なく待ち構えていて、早めにやって来る農夫をつかまえて、そこで取引を始めました。買い手が希望の値を示しては、売り手が受け入れず、買い手がまた別の値を示しては、という調子で、交渉が何時間も続くこともよくありました。そんなとき、双方の橋渡しをするため「タングラー」と呼ばれる仲介人が呼ばれ――おまじないに手に唾を吐きかけて、謝礼金の折り合いがつくと交渉を始め、ようやく決着がつくと、仲買人は袖の下も握らせてもらうのでした。

派手な服装の的屋の集団も、特に馬の市にはよく来ていました。その中にはインチキな賭博師もいて、両手を素早く動かす早業で、若者を驚かせたりだましたりして、お金を巻き上げるのでした。市のあいだ、酒を飲む農夫もたくさんいて、晩方に千鳥足で家に向かう頃には、午前中の儲けをすべて使い果たしていることもありました。市が立つ日のずっと前には、流浪の人々がやって来て、近くの路上にテントを張って生活し始めます。そして市の当日、男たちは馬の取引をし、女たちは占いをして小銭を稼ぐのでした。飲み過ぎて分別も感覚もなくなる深夜、グループ同士の言い争いが始まり、一日の終わりが騒々しくなることがありました。すると警察がやって来て、酔っ払いを追い払うのでした。

木

ジョイス・キルマー

一本の木と同じくらいすてきな詩に
ぼくは一度も出会ったことがない。

木はやさしい大地の胸に吸いついて
流れてくる恵みをのがさない。

木はずっと天を見上げて、
腕をいっぱい広げて祈りつづけている。

夏になればツグミたちがきて
巣のアクセサリーで木の頭を飾る。
雪を深々とかぶったこともあるし
木はだれよりも雨と仲よく暮らしている。
詩はぼくみたいなトンマなやつでも作れるが
木を作るなんて、それは神様にしかできない。

(アーサー・ビナード/木坂涼編訳『ガラガラヘビの味——アメリカ子ども詩集』岩波少年文庫)

HOHNER

第十九章　なつかしのメロディ

「私がクロウタドリなら　さえずり歌うでしょう
　愛しいあなたが乗る船を追い……」

　みなさんは、初めて歌うことができた曲の歌詞を覚えていますか？　初めて覚えた歌は、生涯忘れることができないものになっているでしょう。私が初めて覚えたのは『私がクロウタドリなら』でした。デリア・マーフィが、ゆっくりはっきりとした発音で歌うのを、ラジオで聞いて覚えたのです。私たち姉妹は歌詞を先に覚え、それから、運よく音痴でなければメロディを――ちょっと気取って「旋律」と言ったりして――身につけました。私たちは、メロディより歌詞を完全に覚えるのが大事だと思っていました。デリア・マーフィは独特な歌声をしていて、彼女の曲の中で最も良く知られていた『糸車』を聞いていると、すぐ近くで糸車がくるくる回っているのが聞こえてくるようでした。糸車の脇ではおばあさんが、孫のする恋の打ち明け話に耳を傾けつつ、うつらうつらしているのです。また別の曲では、デリアが「あたしは流れ者、あたしは勝負師」と歌いながらテンポを上げていくと、私たちは大喜びで一緒に歌ったものでした。

私が次に覚えようとしたのは『ケリー県の奥深く』でした。この曲は、ケイト・マギーとパット・マギーという陽気なベテラン歌手のペアが、自分たちの結婚五十周年を記念して、踊りながら歌っていました（七十八回転のレコードで！）。十二歳の少女にとっては少々変わった選曲でしたが、ミュージカルの監督気取りの姉が、「この曲なら、音楽の才能がなくてもダンスでカバーできるわよ」と勧めてくれたのです。姉妹のそれぞれに十八番の曲がありましたが、なんといってもいちばん歌がうまかったのは、見事なテノールで歌う兄のティムでした。兄はレパートリーが広く、『澄みきった空に歌うヒバリ』から『あの子が市場を通る』まで歌いました。姉のひとりのお得意は『シャノン川が海と出会う場所』でしたし、他の姉たちは『西部の灰色の小さなわが家』や『ゴールウェイ湾』、それに『ローモンド湖』を歌いました。父は音痴だったので、歌うことはありませんでしたが、母は『荒れ果てた屋根裏で』をよく口ずさんでいました。この曲は、後にも先にも母が歌うのしか聞いたことがありません。わが家によく来ていた隣人は『彼方のオーストラリア』を歌い、また別の隣人は『巻き毛のメアリー』を披露しました。みんなそれぞれお気に入りの曲があって——要望があれば、いつでもアンコールに応えることができたのです。わが家で即興のコンサートが始まることがよくありましたが、曲選びに迷う人など誰もいませんでした。歌唱力についていえば、作曲家が作った通りに歌うことができないと、聞いてはもらえましたが賞讃を浴びることもありませんでした。カーネギー・ホール*ではないのですから、それで良かったのです。みんないずれはそこで歌うつもりだったのかもしれませんけれど！

ホームコンサートになると、いちばん物知りの姉が司会を買って出ます。名司会者だということを示すため、曲の前にちょっとした説明をしたがりました。歌うのは気が進まないというお客がいると、優しく促して前に出てもらうのですが、きょうだいの番となると、デリカシーのない言い方をしました。この姉は気配りをすることができないので、聴衆に向けてきょうだいを紹介するのに、がさつな言葉を使ったのです。私の番になると、姉はいつもこう言いました。「さあ、わが家のカラスの登場です！」大人になってから私は、仕返しをするため、姉にこう言いました。「姉さんの心ない言葉で自尊心を傷つけられたわ。自信を取り戻すことはないでしょうね！」

『われらアイルランド』という週刊誌が、新曲を知らせてくれる素晴らしい情報源でした――きょうだいのひとりが歌詞を読んで覚え、それをみんなに教えてくれました。ラジオを聞いて覚えることもあり、練習中の曲がかかると、家じゅうに大きな歌声が響きわたり、まるで未来のパヴァロッティが集合したようでした。また、ひとりずつメロディーの一区切りを歌いつなぎ、点をつないでいくようにして一曲を歌い上げたりしました。作者が作った通りに歌えるようになるまでは、途中であやふやなところがあると自作の歌詞で補っていました。

当時は、みんな農作業をしながら歌を歌っていました。乳搾りをするときは、歌い手が技術を磨く格好の時間でした。牛小屋は才能ある歌い手たちの稽古場で、聴衆の雌牛たちも、辛抱強く聞いてやっていました。うちの農場を手伝っていた若者たちにもいくつか得意な曲があって、夕食後、アコーディオンやピアノを弾きながら歌ってくれました。詩を暗唱する若者もいて、晩になると、あのダン・マクグルー*がうちの台所に登場しました——その詩を聞くと、ルーという名の女性が、バーの奥で何やら良くない事をしているらしいとわかり、私は興味をそそられました。『丘を下る坂道』も、よく暗唱で披露されました。何度も繰り返される「丘を下る道は楽な坂道　ぼくらはその道を進む」というくだりが大好きでした。

詩の暗唱には、たいていパフォーマンスが伴っていました。暗唱しながら、わが家の台所で詩の中の一場面を演じるのです。みんな口調を変えたり、声を上げたり下げたりしてドラマチックに演じていました。そんな具合に暗唱が披露されると、みんな楽しんで見ていました。アメリカのオレゴン州から伝わった歌や詩も好まれていました。昔から、かの地へ移住するアイルランド人が多く、歌や詩が大西洋をまたいで行ったり来たりしていたのです。

歌を覚えるときいちばん役に立ったのは、なんといっても蓄音機でした。蓄音機の重いホーンを持ち上げると、反対側の端に付いている針が、回転しているレコードの溝に入って音を拾いました。歌詞とメロディーを覚えてしまうまで、何度も繰り返し聞いたので、傷をつけてしまったレコードが何枚もありました。私たちが虐待するかのようにレコードを扱うため、父は、くどくどと不平不満を言い立てました。そんなとき私たちは、父の声が聞こえなくなるまで待ち、帽子をかぶった父の頭が、起伏に富んだ野原から向こうの川へ消えると、また蓄音機で練習を始めるのでした。「英国軍人のアイドル」と呼ばれていたヴェラ・リンのようになりたいという気持ちが強くて、父のレコードを酷使していることなど気にも留めず、ヴェラになりきって歌っていました。

また逢いましょう、いつどこで会えるかわからないけれど
きっとまた逢いましょう、いつか晴れた日に

新しいレコードを買うのはクリスマスの時期でした。買いに行くのは父ですが、どんなレコードを買ってきても、私たちは大いに喜びました。だって、それがいいかどうか、比べるものがなかったのですから。居間の蓄音機を台所に運び、クリスマスのあいだの十二日間はそこに置いておきますが、蓄音機が鳴っていないことはほとんどないくらいでした。「ご主《ヒズ・マ》人様の声《スターズ・ボイス》」ブランドの真鍮の針も、新たにひと箱買い、この針がレコードの音を調子よく響

かせていました。レコードの回転速度が遅くなったり、とうとう音が聞こえなくなったりすると、手巻き用のハンドルを回して、弱ったエネルギーを回復させました。ところが回し過ぎると不具合が生じ、蓄音機が心臓発作を起こして動かなくなり、大手術が必要になりました。もしそんなことになったら、また父の雷が落ちるだろうと、気が気ではありませんでした。ともかく、長年扱っているうちに回し方はうまくなり、丁重に扱うようにもなっていきました。レコードは、居間にあるサイドボードの引き出しの奥深くに大事にしまってありましたが、クリスマスの時期だけは、大胆にも、台所のサイドテーブルの上に置かれました。傷がつきやすく割れやすいベークライトという人工樹脂でできていたので、破損しないよう、一枚一枚ジャケットに入れてありました。

あの頃の生活水準を考えると、レコードはかなり高価なものでした。当時はジョン・マコーマックの全盛期で、『この家を讃えよ』、『妖精の木』、『あの子が市場を通る』、他にも多くの曲を発表していました。五月の女王を称える*『美しい花』を歌ったシドニー・マキューアン神父も人気がありました。リチャード・タウバーは「君に恋している、私も、私の心も」と声高らかに歌い、ジョセフ・ロックは、オペレッタ『ホワイト・ホース・イン』からの一曲『さよなら』を素晴らしい美声で歌いました。私の好きな曲に『忘れられない人』という美しい歌がありますが、この曲を歌っていた見事なテノールの持ち主の名を、どうしても思い出せないのです。どなたか覚えていませんか？

『恋人になって』と私たちに語りかけてきたマリオ・ランツァも憧れの的でした。母のお気に入りは『川のクルージング』でしたが、のちに『おやすみアイリーン』が好きになり、みんなでこの曲を聞きながら、台所でワルツを踊ったものです。『笑う警官』では、警察官のにぎやかな笑い声が聞こえ、みんなつられて笑ってしまいました。ジグやリールダンス、フォークダンスの曲、それにもちろんワルツの曲のレコードもありました。舞踏曲では、私たちは『波濤を超えて』、『美しく青きドナウ』、『ヴィレット』がお気に入りでした。ところで私は、姉からワルツを教えてもらっているとき、こう言われていました。「左足が三本ついてるような踊り方ね」

『ホスピタル・リクエスト』や『暖炉の周り』などラジオの音楽番組は、常に楽しみをもたらしてくれました。『暖炉の周り』では、ショーン・オー・シーホーンが『ボーナシュロイデの男たち』を歌い、リスナーを惹きつけました。スポンサー付きの番組は、いろいろなジャンルの音楽を流してくれたので、流行りの音楽を知ることができました。スコットランド訛りが歌声に味わいを添えるハリー・ローダーは、ラジオで初めて聞きました。『赤い羽毛をまとう彼女』でエキゾチックな女性を歌ったガイ・ミッチェルは、その後、『移り気なあの子』と出会ったのでした。もちろん、エルヴィスがラジオに登場すると、私たちの音楽の好みは完全に変わってしまいました――デリア・マーフィの糸車は卒業したということです！

訳注

カーネギー・ホール――ニューヨークにあるコンサートホール。

ダン・マクグルー――カナダの詩人ロバート・W・サーヴィス（一八七四年～一九五八年）の詩『ダン・マクグルーの射撃』に登場する人物。

五月の女王――聖母マリアを称える五月祭の遊戯で、花の冠をかぶり馬に乗って練り歩く少女。

第二十章　初夏の聖体行列

　実家に近い町では、夏に、あるパレードが行われ、賑わいました。詳細をわざわざ宣伝する必要はありませんでした。というのも、なんのパレードか知らない人はいなかったからです。それは聖体行列で、六月初めに行われました。ところが、終わったばかりの五月が、この時期にまだ大きな影響を及ぼしていました。六月は「イエスの聖心の月」ですが、五月はその母の「聖母月」だからでした。昔から、アイルランドの母親たちは聖母マリアを大切にしていたので、彼女をないがしろにするなどありえませんでした。だからこの聖体行列で、聖母マリアもキリストと同じように敬おうとしていたのです。

　わが家は町から離れていたので、家の外に旗などの飾りを掲げることはありませんでした。一年じゅうでこの日だけは、わが家も町なかにあったらいいのに、と思ったものです。パレードの準備で、家を塗ったり飾りつけに精を出したりする人々がいて、その作業に参加することが、私にとって最高の楽しみでした。幸い、その町にはおばが住んでいたので、私たちきょうだいはパレードの前の週になると、清掃チームとなっておばの家に手伝いに行きました。私の母はビートン夫人*のような料理上手でしたが、町の中心に住む彼女の妹ほど、「家を美しく整える」ことに関心を持ってはいませんでした。それでも自分が掃除の達人ではないことを自覚していたので、近くで掃除の仕方を学ばせる機会があるたびに、娘たちを参加させていたのです――おばは、絶好の機会を提供してくれていたというわけです。私たちは、パレードの一週間前の日曜におばの家へ行き、大掃除を始めました。まず、ヴィムやエイジャックスなどの洗剤を使って、浴室をごしごし磨きました――私たちには浴室は物珍しかったため、興味津々でした。というのも、うちには浴室がなかったからです。うちでは、台所の暖炉の前にブリキの風呂桶を置いて入浴するか、そうでなければ、寝室に大きなバケツを持ち込んで体を洗っていました。夏の間は、川で泳いで済ませることもあったくらいです。だから、白く長いプールにも見える浴槽は羨望の的でした。それほど大量の水を目にするのは、他には川だけで――たったひとりの体を洗うのに、そんなにたくさんの水を使うのは、とんでもない無駄使いに思えたものです。ところで、パレードは家の前を通り過ぎるだけなのに、なぜ浴室まできれいにするかというと、これはおばが、このさい清掃チームを有効活用しようと知恵を働かせた結果でした。

　家の中をピカピカになるまで磨き上げた後、いよいよ他人に見せるため、家の外側を美しくする作業に取り掛かりました。地元のペンキ屋で飾り付けも請け負うパディ・ボーンが、前の週に外壁を塗装し、上げ下げ窓を外してから丁寧に塗り直し、ドアの木目に沿ってきれいにニスを塗り終わっていることもありました。けれどもパディに仕事を頼まない年には、水を入れたバケツを手に私たちが乗り出して、ブラシを使って外壁を洗い流し、家の前を神がお通りになるのに備えたのです。外壁を磨き上げたら、次は窓ガラスです。新聞紙を灯油に浸したもので、ガラスが輝くまで磨きあげます。教区中の人が家の前を通り、中をのぞいていくのです。中にいる聖母マリアや聖心が、見つめ返すことができるようにしておかなくてはなりませんでした。

そして一大イベントの前の晩、待ち望んでいた作業を始めました。玄関の右側にある窓辺に、大きなキリストの聖心の像を置き、左側の窓辺には、聖母マリアの大きな御絵を置くのです。そしてこのふたつを、花瓶に活けた花で囲んで飾りました。まずは上等な花瓶を選んで使いますが、二階の窓辺になると、花瓶の代わりにジャムの空き瓶を使うこともありました。とはいえ、二階の窓辺には飾りつけをしない家もあったので、私たちの意気込みは普通の人よりはるかに高かったといえます。それでも二階になると、飾る聖像もだんだん格下げされてゆき、聖テレサや聖ベルナデッタ、それに聖フィロメナになっていました――当時は知らなかったのですが、この聖人たちは、ほとんど飾られることのない絶滅危惧種だったのです。それから、ちょっと欠けた聖パトリックが登場し、ほこりをかぶった聖マルティヌスとぼろぼろの聖フランシスも取り出してきます。キリスト教世界のあらゆる聖人から選んでいたので、国家主義だとか人種差別だと非難されることはなかったと思います。それでも当時は、アフリカ系の人に会ったことがなかったので、聖マルティヌスには興味津々でした。そして、焼けつくような暑い国からやって来たのだろうと決めつけました。私たちがどんなに長い時間日光浴をしても、濃い茶色に日焼けするのがせいぜいのところだったからです。

窓の飾りつけを済ませると、家の前を行ったり来たりして仕事の出来ばえを眺め、褒めたたえました。窓辺の飾りつけは、舞台セットのようなものでした。幕が上がるのはこれからです。通りの端から端まで、男性たちが梯子に上って旗を立てていました。おばの家の向かい側は空き地なので、残念ながら旗を立てている家はありません。それでも私たちは、隣人を手伝うことで、残念な気持ちを埋め合わせようとしました——ただ、自分では手伝っているつもりでしたが、隣人たちはそう受け取らなかったかもしれません。また、家の窓辺に旗を飾る家もありました。体裁の良くないところ——例えば、壊れた門や崩れかけた塀——には紅白や青と白の布を垂らして覆いました。すべてが見栄え良くなるように装うのです。町中の人々が参加する行事で、みんなが協力し合っていました。町には、ひとりだけプロテスタントの男性が住んでいて、その人は電気工で長い梯子を持っていました。だから、準備を手伝うよう、うまく言いくるめられていました。

聖体行列が行われる日の朝、中心街に到着するとまるでお祭りのようでした。ただし、お祭りよりずっと素敵でお祝いムードに包まれていました。私たちは、この日はいつも、ずいぶん早い時刻に到着していました。というのも、ミサに参列する前に家々の窓辺を見て回りたかったので、早く出かけるよう、母にしつこくせがんだからです。どのみち後でパレードに参加して町中を歩き回るので、見ることはできるのですが、それではちらっと見るだけなので、その前にじっくりと見ておきたかったのです。ひとつひとつの窓辺が、それぞれ物語を語っていました。その家にはどんな聖像や御絵があるかわかりますし、周りに添えられた花々は、裏庭の様子を語っています。毎年楽しみにしていたのは、マイク・オブライエンの庭の早咲きのバラとマギー・ジョーンズ宅のかわいらしいルピナでした。それに、どの家に美しい御絵や見事な聖像があるのかも、すべてわかっていました。まるで、家々のインテリアや裏庭が、窓やドアから顔をのぞかせているようでした。

父が軽馬車をデニー・ベンの店の裏庭にしっかりとつないでしまうと、私たちは教会へ向かう間も、道沿いの家の窓辺を立ち止まっては観賞して進みました。玄関の戸を開け放している家もあり、戸口に薄いベールで覆った聖像が置いてありました。玄関から出入りするたびに、美しく飾った聖像の脇をすり抜けていたのでしょう。そんな家は、風が強いと悲劇になりました。花瓶や聖像が倒れることもあったからです。

その日のミサには、一大行事への序章という雰囲気がありました。私たちは、早くミサを終え、パレードに出たくてうずうずしていました。

ミサが終わると、前列で旗を掲げる役が、風になびかせるリボンを手にした付添人をふたり伴って、教会の庭のいちばん奥に立ちました。この人が、歩くペースを保って先導するのです。速足の行進は喜ばれませんが、かといって、のろのろ歩くのも嫌がられました。

がやがやと騒々しい状態が続いた後、ようやく教師が子どもたちを四列に並ばせました。女子は日曜のミサ用の正装をし、男子は新しいスーツを身に着けています。幸運にもその年に初聖体を済ませた子どもは、列の後ろの方の特別な場所に並びました。子どもたちの後ろには女性が並び、その後に男性が続きます。大人たちは、自分が所属するグループの旗を掲げる役の後について歩きます。その後ろにはブラスバンド、そして聖歌隊が続きました。鮮やかな青と白の組み合わせが目を引きますが、これはマリア信心会の少女たちが身に着けた、流れるような青いマントと白いベールでした。その後ろにいるのは初聖体を受けた子どもで、少女たちは愛らしい白いドレスにベールという姿です。この衣装で出かけるのは人生でまだ二度目なので、喜びに満ちた表情をしています。少女たちが抱えている小さな籠には花びらが入っており、あとで聖体顕示台の前の床にまき散らすためのものでした。最後に、黄金の刺繍を施し、長くゆったりとした祭服を身に着けた司祭が何人か並んで歩いてきます。そのうちのひとり、ミサを執り行った司祭は、身に着けた祭服の一部で聖体顕示台の土台をくるんで持ち、その上にびっしりと細かい刺繍をほどこした布を掛けていました。この刺繍は、四人の熱心な信徒が施したものでした。

行進しながら、グループの旗を掲げる係が先導して、グループごとにロザリオの祈りを捧げ、聖歌を歌いました。けれども、祈りがどこで終わり、どこから歌が始まるのか、聞き分けることはなかなか大変でした――それに、隣とおしゃべりをしたくてたまらない人もいるし、自分以外の者がクリーム加工所からいくらもらっているのか確かめたい、と思っている農夫もいました。ときどき歌と祈りがごちゃ混ぜになっていましたが、それでも全体としてみれば、あらかじめ決められたとおりに進もうとする人がほとんどでした。

本当は、教会の庭で整列してから歩き始めるはずでした。ところが、列らしき形が整ったのは、教会から出てすぐ前のハイ・ストリートを歩き終わる頃でした。四列に並んで練り歩くはずだったのが――列をあちこち移動しながら、上の空でふらふら歩いている女性がいたりして、何度も言い聞かせて列に戻す必要がありました。また、次の全アイルランド・フットボール選手権でどのチームが優勝するかと夢中になって話し合っている若者たちがいて、彼らにも、前を向いて進むよう促さなくてはなりませんでした。グループのメンバーをまっすぐに歩かせるのはリーダーの仕事でしたが、行儀よく行進するグループばかりではありませんでした。

パレードはハイ・ストリートを抜けると、角を曲がってニュー・ストリートに出ました。その通りを歩いてウエスト・エンド地区に到達するとそこでUターンします。折り返すと、行列の中に知り合いが見え、この日のために帽子を新調した人がいるのが、すぐにわかりました。ニュー・ストリートを戻っていくと、十字路の左側の角に、ギルマン姉妹のおいしいアイスクリーム屋があり、そこには見事な青い五月の祭壇が立てられていました。スカーティーン・ロードを過ぎ、薬局まで来てまたUターンし、十字路で左折すると、チャーチ・ストリートと呼んでいた通りに出ました。芝生が一段高くなっているところがあり、そこに古びた美しいプロテスタントの教会があったので、その通りがそう呼ばれていたのです。教会の脇には、ロバート・エメット*が愛したサラ・カランの遺骨が納められている墓地がありました。その小さな教会には、王冠に輝く宝石のような存在感がありました。ところが後に、その教会の美しい尖塔を取り壊すという、罰当たりなことになってしまいました。それからパレードは、衛兵が四人と軍曹がひとり勤務についている兵舎を通り過ぎました。兵舎の前庭には、色とりどりの花々が咲き乱れていました。軍曹の奥さんは見事な花を咲かせているね、とみんな口々に言い合いました。そしてまた、銀行はもうちょっと努力したほうがいいね、とも言ったものです――とはいえ、支店長の奥さんは、長いことこの町に来ていないから、パレードの重大さがわかっていないんだよ、ということになるのでした。そこでまた右折し、修道院の門を通り抜け、曲がりくねった長い並木道を歩いていくと、どっしりとした古い建物が見えてきました。そこはかつてオールドワース家の住まいでした。一家の娘レディ・メアリーは、フリーメーソンの唯一の女性会員だったのです。フリーメーソンとは、男性しか入会できない秘密組織です。あるとき、会合が開かれることを知ったメアリーは、衣装ダンスに身を隠していました。そして、隠れていたメアリーを見つけた会員たちは、彼女を会員にするより仕方がなかったのです！　その後、この建物は、聖ヨセフ修道会の所有になりました。

　町じゅうが美しく飾られていると思っても、修道院に比べたら、物の数ではありませんでした。修道院の大きな石灰岩の階段を上った、巨大な正面扉の前に祭壇がしつらえてありました。火のともったろうそくが何本も立つ枝付燭台が、祭壇を飾っています。その上にある窓には、シフォンのカーテンがゆらめいていて、まるで色とりどりの雲が天から降りてきたように見えました。でも、かつてある年に、風があらぬ方向から吹いてきて、カーテンにろうそくの火が移ったことがあったのです。シスターたちはちっとも面白くなかったでしょうが、この一件は毎年の決まりきった行事に間違いなくドラマチックな効果を加えることになりました。さて、パレードの参加者は、階段の下に半円を描くようにゆっくりと並んでいき、その前の芝生の上にまであふれかえりました。天蓋に守られた司祭が到着すると、祭壇の前で聖体賛美式が始まりました。司祭が香炉を振って献香すると、辺りはお香のかおりで満たされ、聖歌隊は『タントゥム・エルゴ』を歌いました。私たち子どもには、ラテン語の歌詞はまったくわかりませんでしたが、曲はしだいに『いつくしみ深いマリアをたたえて』などの聖歌に変わり、私たちにもなじみのあるメロディになりました。特に『神への信仰』は、みんな声を張り上げて歌ったものです。

　修道院での儀式が終わると、みんな気が抜けたようになって教会へ向かいました。でもその気分も、ローリー・シーハンの家の前まで来て、前庭にきれいなバラが咲き乱れ、塀の上にまで垂れ下がっているのを見ると、少しは盛り返すのでした。通り過ぎざまに、バラの香りをたっぷりと吸い込みました。教会に戻って座席に腰かけると、空席がいくつもあることに気づきました。もう充分とばかりに、行進が終わる前に帰ってしまった人がいたのです。しばらくして、楽団が演奏しながら身廊を歩いてきて、祭壇の前で足を止めて演奏をやめ、その後を聖歌隊が引き継ぎました。教会での聖体賛美式が行われる間、聖歌隊に合わせて私たちも一緒に聖歌を歌いました。それが終わって静かになると、祭壇に顕示台が置かれ、静かに祈りを捧げる永久礼拝が始まりました。

私たちは教会を出ておばの家へ行き、お茶とリンゴのタルトをいただきました。その後でまた、町中の家の窓辺を眺めに行きました。それからポニーと軽馬車のもとへ戻りました。聖体行列は終わったのです。この次は一年後です。

何年も後、フランク・パターソンが歌った『五月の女王』という曲の中に、風になびくベールやひらひらと舞う花びらという歌詞がありました。朝のテレビ番組でゲイ・バーンがこの曲をかけたとき、私の心の中に様々な思い出がよみがえりました。

神の祝福を受けるためには、聖体行列をしたり飾り立てたりする必要はありませんでした。キリスト昇天日の三日前にあたる祈願節は、たいてい五月に祝われますが、私の両親はこの日に聖水を持って外へ出て、畑と作物に振りかけました。このとき、私たちきょうだいも両親について歩きました。それが済むと、うちの畑が神聖な土地になったように感じたものです。ある日の夕方、一日中畑で農作業をしていた父のもとへ、お茶を持って行ったことがありました。谷あいに来て遠くの畝を見やると、思わず足が止まりました。太陽が沈みかけていて、暮れなずむ地平線を背に、父と二頭の馬のシルエットが浮かび上がっていたのです。私は、神と人間と自然とが調和した尊い一瞬を見ているように感じました。

訳注
ビートン夫人――イザベラ・メアリ・ビートン。一八三六年～一八六五年。『ビートン夫人の家政読本』を著したイギリス人の作家。世界で最も有名な料理著作家のひとり。
ロバート・エメット――一七七八年～一八〇三年。アイルランドの民主主義者。イギリスからの独立をはかって暴動を起こしたが、捕えられて死刑となった。

第二十一章　クーパーさん、ありがとう

　子どもの頃、夏休みのいちばんの楽しみは、映画を見に行くことでした。私の住むささやかな地域に劇場があるだけでも幸運だったのに、驚くことに、その劇場は金ぴかのボックス席や真っ赤なビロードの座席を備えた、大変豪華な建物でした。一階の座席の上に、カーブを描くように張り出したボックス席は、たっぷりとひだを付けた赤いベルベットの布で覆われていました。幅広の階段が、絨毯を敷き詰めた二階へ、弧を描いて続いています。兄はいつも階下に席を取りましたが、私たち姉妹は、階下に坐ることを母に禁じられていました。薄暗い一階の後ろの座席で、娘たちが何をするかわからないと、少々心配だったのでしょう。立派すぎるその劇場には、立派すぎる名前が付けられていました――「カジノ」です。もっとも、私が知る限り、サイコロを転がしていたことはありませんけれど！　時代を先取りしていた、トーマス・G・クーパーという名のキラーニー出身の人物がいて、わが地域だけでなく他の場所にも劇場を建て、そのすべてにカジノという名をつけていたのです。この人物

は賢く将来を見通していて、アイルランドで初めてトーキー映画『夜明け』を制作したのもこの人でした。カジノでは、映画だけでなくコンサートや演劇、それに、素晴らしいことに、ディナー付きダンスパーティまで行われていたのです。

私たちは、ご都合主義のお客でした。映画を見に行くのは、気候のいい夏の間だけだったのです。冬の間カジノが休業しているのではなく、雨や雪が降る中、三マイルの道のりを往復しなくてはならないと思うと、軽やかな足取りが衰えてしまったというわけです。それに加えて、冬の間は、母が門限を設けていました。母には、ただでさえ山ほどすることがあるというのに、この上、娘が帰って来ないなどという余計な心配をしたくなかったのでしょう。私たちは、夏の夜なら、起伏の多い道を歩いて帰ることは苦になりませんでした。行きは、みちすがら歌を歌い、帰りは、見たばかりの映画のことで頭がいっぱいだったからです。感想や意見を言い合い、思いつく限りのあらゆる点から、映画について話しながら歩いて帰りました。

私たちきょうだいは映画が大好きでした。特に私は映画マニアで、カブの苗を間引いたり、ジャガイモ掘りをしたりして苦労して貯めた小遣いを手に、近所の新聞雑誌店に入り浸っていました。そして、カラー写真でいっぱいの映画雑誌を買いあさり、映画スターの私生活に夢中になっていたのです。ハリウッドでエリザベス・テイラーがくしゃみをすると、アイルランドのコーク北部に住む私の耳に入るというわけでした。当時は、パパラッチなどいませんでしたが、それでもスターの私生活が事細かく――真実かどうかはわかりませんが――書かれていました。愛らしいエリザベスは『緑園の天使』でスター子役になり、その後、映画界で崇拝される存在になりました。ホテル王ヒルトンとのおとぎ話のような結婚には、世界中が魅了されたものです。私は、エリザベスの世界一のファンでした。次々に夫を替えていく様子を見ながら、いつかきっと満足できる相手に巡り合えるのだわ、そう思い続けていました。

カジノで最初に見た映画は、ジャネット・マクドナルドとネルソン・エディが主演した『君若き頃』でした。夢見がちな少女におあつらえ向きの純愛映画です。か細いジャネット・マクドナルドが、透けるようなドレスを身に着けてリンゴの木にもたれかかって坐っていると、頭上から花びらがひらひらと落ちてきます。遠くでネルソン・エディがセレナーデを歌う声が聞こえ、その間も花びらは舞い、まさに完璧に美しい位置に落ちるのです。ネルソン・エディは、ハンサムなだけでなく素晴らしい歌声をしていたので、聞いている私たちの想像力はどんどんたくましくなっていきました。『君若き頃』は、正真正銘の空想作品で、夢心地をぶち壊すような現実は、かけらも入っていませんでした。だから楽しかったのでしょうね！　この映画を見た晩、家までの山あり谷ありの道のりを、ダンスするような足取りで帰りましたが、路上にころがっている石も岩も、まったく気になりませんでした。ジャネット・マクドナルドになりきっていたからです。私は、完全に現実を忘れていました。翌日、学校から帰宅すると、スケッチブックを取り出して、ジャネットとネルソンの雰囲気を、水彩絵の具で再現しようと試みました。でも、ふたりとも、描かれているのが自分だと気づかなかったでしょう。私には、肖像画を描く才能がないようでしたから。

『君若き頃』のすぐ後には、ドリス・デイが『デッドウッド・ステージ』を歌いながら登場し、カジノで大暴れしました。ドリスが出てくると、ジャネットとネルソンに対する私たちの熱は、すっかり冷めてしまいました。なにしろ、カジノの屋根を吹き飛ばさんばかりのすさまじいエネルギーで歌うのです。覚えやすいメロディで、人生の喜びと感動を聞く者に訴えかけてきました。ドリスは干し草小屋の中を踊りながら歌い、ギンガムチェックのドレスの裾が揺れ、はね上がります。共演者のゴードン・マクレーとハワード・キールは、ダンスでも歌でも、完全に食われてしまっていました。私たちは『掠奪された七人の花嫁』*を見て陶酔し、『カラミティ・ジェーン』でドリスが見せたおどけた演技を大いに楽しみました。

しばらくするとバーバラ・ハットン*が出てきて、ハワード・キールに挑戦状を叩きつけました――あなたにできることなら、私はもっとうまくできる、と歌ったのです。この歌は、わが家のテーマソングになりました。優劣を争うことがあると、何かにつけこの歌を歌ったものです。お互いによく競い合った遊びは、かけっこでした。学校からの帰りに原っぱを通るとき、あるいはまた、ただ道をぶらぶら歩いているときに、かけっこを思いついた誰かが、唐突に叫びます。「次の門まで競争しよう」――すると、野生の鹿の群れが突然まっしぐらに走り出すように、みんな一斉に駆け出しました。「あなたにできることなら、私はもっとうまくできる」まさに、この気持ちでした。『アニーよ銃をとれ』は、私たちをそんな気分にさせた映画だったのです。

それから、美貌のエヴァ・ガードナーが『ショウ・ボート』で銀幕に登場し、「あの人を愛さずにはいられない」と歌いました。それで私たちは、今までとはまったく違うタイプの曲を聞いたり歌ったりするようになったのです。『オールド・マン・リバー』を歌いすぎて、声帯を痛めてしまったほどです。次に流行った『静かなる男』は、アイルランドが舞台でした。映画の中でジョン・ウェインがモーリーン・オハラをひっつかんで野原を引きずり回したことが信じられませんでした。モーリーンは息をのむほど美しく、こんな女優は他にいるはずがない、そう思ったものです――けれどもその後、マリリン・モンローがスクリーンに現れました。この女優には、視線を釘付けにする魅力がありました。もちろん、色気があったということですが、当時はそんな言葉は知りませんでした。こんな具合に、私は、映画スターの情報をカラー写真満載の雑誌で読んでいて、ジェーン・ラッセルがマリリンに対して行った、あるインタビュー記事に引き付けられました。メディアにいろいろ書かれて困っているとマリリンが愚痴をこぼすと、自らも女優であるジェーンは、こう助言したのです。「耐えるのよ、無理に笑顔を作ってね。それで食べてるんですもの」時代は違えど、状況は変わらないのですね！

『風と共に去りぬ』を初めて見たのもカジノでした。自分勝手なスカーレット・オハラにはあきれましたが、それでも、映画の終盤でスカーレットが下した決断には、大いに共感したものです。「タラは絶対手放さない」そして「明日に望みを託して」と。でも、クラーク・ゲーブルのセリフ「おれには関係ない」には感心しませんでした。また、別の映画に出ていたノーマン・ウィズダムは大好きで、「まぬけな僕を笑わないで」と寂しく歌う姿に、大いに同情したものです。

私の地元にも劇団があり、演劇やコンサートを行うことになると、興味津々で見に行きました。というのも、地元の人々が出演していたからです。もちろんＭＧＭ*の映画は素晴らしいですが、知人がステージの上で行う演技はもっと楽しいに違いありませんから。それに、コンサートもいいですが、なんといっても演劇にはかないません。はじめのうち、顔見知りが舞台衣装に身を包んで現われると、その人のいつもの様子を忘れて劇中の人物として見ようとする想像力が働かないことがありました。けれども、しばらくすると話にのめり込んでいき、舞台の上の意地悪な老婆が、あの生真面目な、郵便局の女性局員だということも、すぐに忘れてしまうのでした。その劇団は、ブライアン・マクマオンが執筆した『ビューグル・イン・ザ・ブラッド』を上演し、劇中にモナハン夫人が嘆き悲しむシーンがありました。「あなたは苦しんだ、私も苦しんだ、私たちみんな、苦しんだのよ……」劇場からの帰り道、この言葉をどういうセリフ回しで言うのがいいか、練習しながら帰ったものです。そんな風だったので、ストーリーはとっくに忘れてしまっても、セリフだけは覚えているのでしょう。それから何年もの間、姉妹の誰かが何かを大げさに嘆いていると、「モナハン夫人みたいな泣きごと、言ってるんじゃないよ」姉のひとりがそう言って、悲劇のヒロインの気分を台無しにするのでした。

ある晩、待ちかねていた観客の前で、舞台の幕が上がったときのことです。才能あふれる主演男優は、開演前にパブでしこたま飲んでいました。異変に気づいたプロデューサーが、その俳優を舞台から引きずり降ろそうとすると、俳優は幕のすき間から頭を突き出し、あっけにとられた観衆にこう言ったのです。「うぃっ、酔っぱらっちまったぜ」それから姿を消しました。迫真の演技だと思った観衆は、割れんばかりの拍手を送ったのでした。もちろん、すぐに代役が立てられました。

カジノはあの当時ずっと、私の故郷の小さな地域と映画や演劇の世界とをつなぐ懸け橋となってくれていました。楽しい思い出をありがとう、クーパーさん。

訳注
掠奪された七人の花嫁――この映画にドリス・デイは主演していない。著者の記憶違いだと思われる。
バーバラ・ハットン――『アニーよ銃をとれ』に主演した女優の名はベティ・ハットン。著者の記憶違いだと思われる。

ＭＧＭ――メトロ－ゴールドウィン－メイヤー。アメリカの映画製作会社。

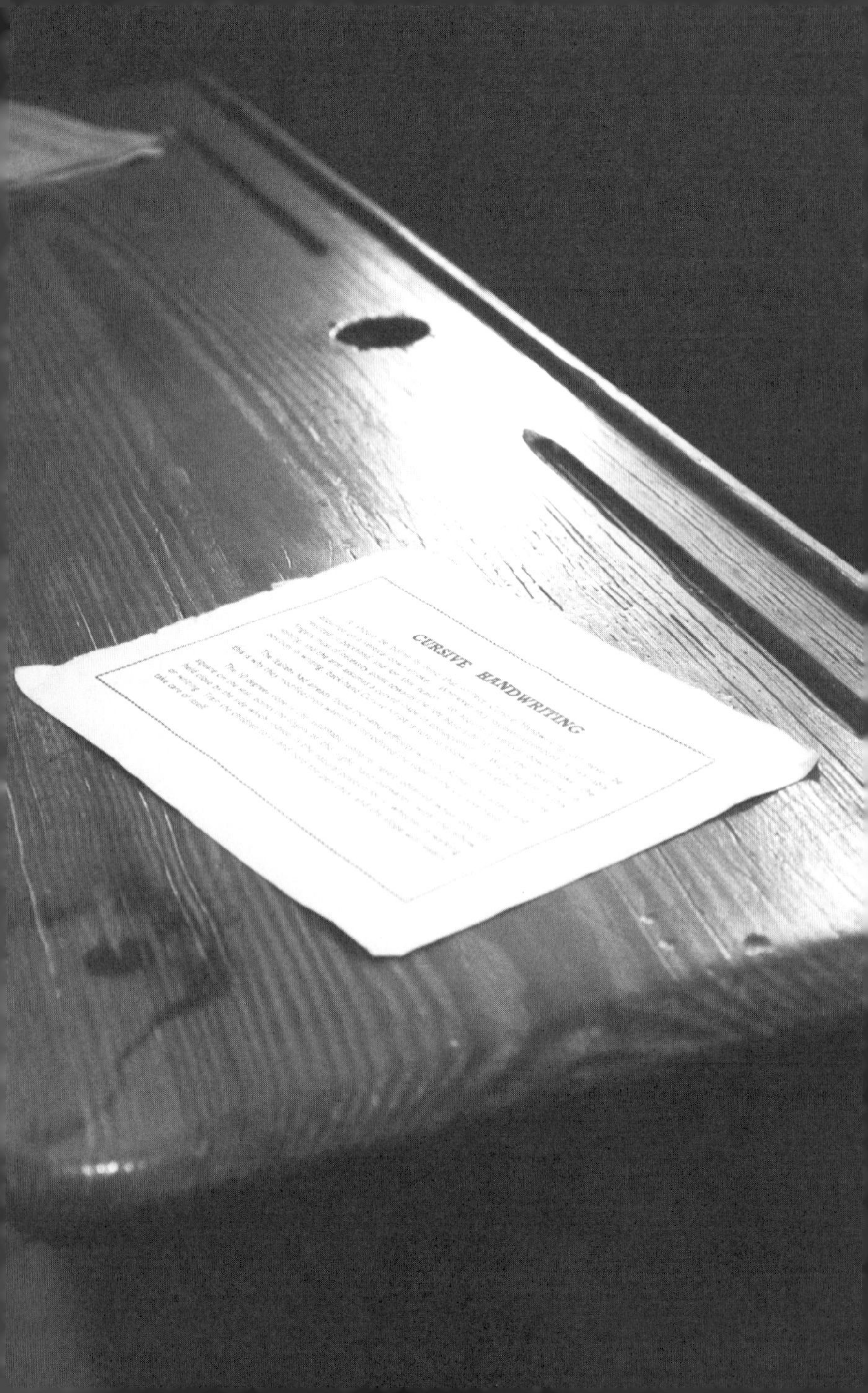
CURSIVE HANDWRITING

第二十二章　授業中にダンス

思春期に、他の生徒より背が高いと、何かと不都合をきたすことがあります。十三歳の頃、私は年のわりに背が高すぎました。手足ばかりひょろ長く、不格好な自分に自信を持つことができませんでした。まるで、成長の速い草が、どうバランスをとってよいかわからず倒れそうになっている、そんな感じだったのです。背だけはどんどん伸びていくのに、心が追いつかない状態でした。まだ子どもなのか、それとも、もう大人なのか、「得体の知れない」自分がいました。子どもの世界と大人の世界の狭間にいて、どちらの一員なのか、わからなかったのです。それが、「ティーンエイジャー」というものなのですが、当時はこの言葉もなかったのですから！

ちょうど中等学校へ進んだ時期で、同級生はみんな、次々に現れ出てくる挑戦しがいのあること――代数や幾何など――と格闘していました。私は、段がいくつか抜けたような、頼りない梯子を上っていました。しかも、問題はそれだけではありませんでした。神様は私の脳をおつくりになったとき、数学処理用のディスクを入れ忘れてしまわれたようでした。でも、英語は大好きでした――脳内を通る道は一本だけで、英語がそこを占領し、その周りを豊かな想像力が包み込んでいたのです。英語の先生は優秀な女性でしたが、残念ながら、やすりでこするような耳障りな話し方をし、耐えがたいほど嫌味たっぷりな人でした。

ある日、私は六人の女子と一緒に、教室の一番前の席に腰かけていました。個別の机はなく、教会にあるような横長の机に、六人ほどが着席できるようになっていました。ちょうどイギリスの童謡に「緑の瓶が十本、塀の上にあったとさ」とあるように、女子がずらりと並んでいたのです。おろしたての淡いグリーンのセーターを着て、私は得意になっていました。新しい洋服を買ってもらうなど、めったにないことでしたから。映画スターが大好きで、ちょうど、デビー・レイノルズに夢中になっていた頃でした。私は、デビーになろうとしていたのです。とりわけ、エディ・フィッシャーとダンスを踊っているときのデビー・レイノルズに！

通路の向こう側の机には、男子が大勢腰かけていて、十代の若者が発する独特のホルモンが、教室中に充満していました。女子は、賢さで男子の心を惹きつけるより、美しさや愛嬌で魅了するのが望ましい、そう思われていました。淡いグリーンのセーターを身につけた私は、何とかしてある少年の関心を引こうとしていました。セーターのグリーンは、少年の赤毛にもよく合う、そう思っていました。私は、机の端の席で、デビー・レイノルズになりきってポーズを決めていました。

ちょうど英語の授業中で、順番に教科書を音読している最中でした。ひとりが音読を始め、そのあとすぐ別の生徒が指名されて次を音読するというスタイルでした。英語の知識を問うよりも、ちゃんと聞いているかどうか確認するような当て方だったのです。英語が大好きな私は、音読が得意で、人前で読むのも好きで——実は、少々目立ちたがり屋だったのです！ところがその日、教室にいたのは体だけでした。心は、遠い彼方へ行ってしまっていたのです。デビー・レイノルズになった私は、共演者であり、結婚したばかりの相手エディ・フィッシャーと、『歓びの街角』という新作の中で踊るのに忙しく、教室にいるということをすっかり忘れていたのでした。

突然、耳障りな声が私を指名しました。『歓びの街角』の夢からはっと我に返り、慌てて立ち上がったのですが、どこから読み始めたらいいのかわかりません。教卓から、容赦のない痛烈な皮肉が聞こえてきました。あまりのショックで、舌が口の中の天井に貼りついてしまい、胸が締め付けられ、息ができなくなりました。卒倒するかと思ったほどです。嫌味たっぷりの小言を聞かされた後、二度とこんな恥をさらすことのないよう言われ、腰かけてよいと告げられました。私は、動揺してガタガタ震えながら着席しました。まるで象の大群に踏みつけられ、ずたずたにされたような最悪な気分でした。

次は地理の時間でした。大らかで優しい女性の先生が、教科書を読むよう私に指示しましたが、立ち上がった私は、声を発することができず、口をぱくぱくするだけでした。先生は驚いて私を見つめ、腰掛けるようにと、穏やかな声で言いました。帰宅してその晩、家族でロザリオの祈りを捧げるとき、私は自分が言うべきところで声を出すことができませんでした。動揺がまだ続いていたのです。

ショックから立ち直るまでに何年もかかり、しばらくの間は、人前で音読するのを避けていました。今でも、あのときの恐怖が蘇ることがあります。子どもの頃受けた傷は、なかなか忘れられないものなのです。それでも、気を確かに持つことで、たいていは恐怖に打ち勝つことができます。ちょうど私の祖母がそうだったように、ときどき気弱になることもありますけれど。でも私は祖母とは違って、寝込むことはありません。そんな気分の日は、外へ出てガーデニングに精を出すのです。

そんなわけで、エディ・フィッシャーにも、責任があるのでした。その後エディは、エリザベス・テイラーと踊るために行ってしまい、気の毒なデビー・レイノルズはひとり残されたのです！* だからデビーも私も、エディと踊ったことで、大きな犠牲を払うことになったというわけです。

イニスフリーの湖島*

ウィリアム・バトラー・イェイツ

今度こそ腰を上げて、私は帰りたい、あのイニスフリーへ、
そして、泥と小枝で造ったささやかな小屋を一軒建てたい。
森の一隅には九列の豆を植え、蜜蜂の巣箱を造り、
独り静かに暮したい、――蜂の飛び交う音を聞きながら。

あそこでなら、心の安らぎもえられよう。安らぎがゆっくりと
夜明けの空から、蟋蟀《こおろぎ》の鳴くわが家に降り注ぐはずだから。
真夜中には月が皓々《こうこう》と輝き、真昼間には深紅の太陽が輝く、
そして、夕暮れには紅雀の羽搏《はばた》く音も聞こえてくる……。

そうだ、今度こそ帰ろう――あの湖の岸辺にひたひたと
打ちよせる波の音が、夜も昼も私の耳から離れないからだ。
この都会の街路や灰色の舗道にふと佇むときも、
あの波の音が絶えず私の心の奥底に響いてくるからだ。

（平井正穂編『イギリス名詩選』岩波文庫）

訳注

デビー・レイノルズが置き去りにされた——エディ・フィッシャーは、一九五九年にデビーと離婚し、その後エリザベス・テイラーと結婚した。

イニスフリーの湖島——アイルランドのスライゴー県にあるギル湖に浮かぶ島。

第二十三章　思い出はかくのごとし

みなさんは、初めて異性と踊ったときのことを覚えていますか？　華やかな宮廷の、大理石に囲まれたホールで催される舞踏会、そこであなたは社交界にデビューする、というほど大げさなものではなかったとしても、その経験は、ひとつの世界から別の世界へ踏み出す、新たな一歩であったことでしょう。子ども時代に別れを告げて、足を踏み入れたことのない領域へ、軽やかに進んでいったのです。その世界では、異性が急に魅力を放つようになります。ロマンチックな出会いがあるかも、と思うと、生活が生き生きしてきます。私たちは、ダンスをきっかけに、ためらいながらロマンチックな世界へ入って行くのです。けれども、そのためにはまず、ダンスが踊れなくてはなりません。

私が若者の頃は、じゅうぶんな練習を積まないでダンスホールという未知の領域へ踏み込むなど、考えられないことでした。つまり、自宅の台所の床の上で、ワルツやクイックステップ、タンゴにサンバを教わっていた、ということです。本来であれば、複雑なステップをすべてマスターするには、技術力の高いダンスの先生に教わらなくてはなりません。でもわが家では、教えたくてうずうずしている姉たちがその役を買って出て、繊細な配慮などいっさいしないで教えてくれました。ただ、わが家にはダンスに適した音楽がないという問題がありました。蓄音機用のレコードといえば、ジョン・マコーマックやリチャード・タウバー、ジョセフ・ロックばかりだったのですから。だから、ビクター・シルベスターやジョー・ロスの音楽がラジオから鳴り響いてくると、ダンスホールでのデビューを望んでいる私に、ただちに出動命令が下されました。無遠慮に台所中を引き回され、その間も、「ほらほら、左足が二本になってる」などと何度もけなされるのでした。そうやって練習を重ねてようやく、頭のてっぺんからつま先までリズムに乗って動かす技をマスターしたのです。そして、いよいよ、デビューできることになりました。

ステラという地元のダンスホールは、ホテルの立派なダンスホールのような美しい床も曲線を描く天井もない場所でした。そこは実のところ、ガソリンスタンドの一部で、外にはガソリンポンプがあり、地下の修理場はまだ使われていました。だからガソリンや油の臭いが、ダンスパーティに、いまにも爆発しそうな活気を添えていました。現代なら間違いなく「健康を害し、安全性にも問題がある」と決めつけられ、そもそも営業する以前に「閉鎖」という看板がドアに掲げられていたでしょう。天井の低いそのホールでは、ライトがミラーボールに反射してキラキラし、エキゾチックな雰囲気に、私たちはすっかり夢中になりました。

ザ・ロイ・キャンベルという専属のバンドが、サクソフォーンやピアノ、ドラム、アコーディオンを陽気に演奏し、音楽でホールを満たしていました。歌手はふたりいて、ひとりはスローテンポのロマンチックな曲を歌い、もうひとりは激しいロックンロールのナンバーを熱唱しました。ところで、ダンスのうまいパートナーと踊ると、坐っている者など誰もいなくなりました。ザ・ロイ・キャンベルが演奏を始めると、いろいろ勉強になりました。けれども、足の動かし方を知らないパートナーでは、せっかくのリズムが台無しでした。はじめのうち、ホールの人々がなかなか動かないと、バンドがパートナー選びの曲を演奏し始めます。すると、みんな立ち上がってホール内を動き回りました。そして、演奏が終わったとき、眼の前にいる人がパートナーになるのでした。誰と踊るかは、まったく運任せだったというわけです！　人々を動かすには、『エニスは包囲された』か『レイディーズ・チョイス』の演奏も効果がありました——後者の曲は、男性より女性の方が、物事を前に進めるのに長けている、と示しているではありませんか。あなたが女性なら、この曲を踊るのに選んだ相手には、「次の曲もあなたと踊ります」と言ったも同然でした。

学校の卒業試験を終えたばかりの私たちには、夏のカーニバルの時期に行われるダンスパーティが新たな世界へ踏み出す出発点になっていました。この試験は、十六歳前後で合格しなくてはならない、非常に重要な試験でした。その試験も終わり、その後は学校以外の世界も楽しむことができるようになったのです。とはいえ、ひとりきりで新たな世界へ飛び込んでいくわけではありません。クラスの女子のほとんどが、同じ状況だったからです。男子も同じことで、ダンスパーティを初めて経験することになりますが、女子ほどに期待にうちふるえてはいなかったと思います。

ダンスパーティは日曜の夜でした。ミサが終わると友達みんなで集まって、パーティに出かけるまでの時間を準備に費やしました。みんなで洋服を持ち寄り、全身を映すことができない小さな鏡の前で試着していろいろポーズをとってみるまで、自分がどの洋服を着ることになるかわかりません。というのも、自分の服を着たあとで、友達の服をすべて試してみて、ひとりひとりがいちばん魅力的に見えるものに決まるからです。持ち寄る洋服は、前日にきれいに洗濯をして糊付けしてありました。そして当日の朝、アイロンがけをしておくのです。スカートの下には、ふんわりふくらむようにペチコートを――張りのあるチュールのものもありました――はいて、踊るとちょうどよい具合に裾がゆらゆら揺れるようにしていました。全員が、ドリス・デイみたいになりたいと思っていたのです！　もちろん、他の女子に美しさを認めさせ、意中の男子の心を射止めるというもくろみもありました。

ファッションショーが終わると、私はピンクのバラを散らした白いワンピースを着ていくことになりました。これは裾が膝よりかなり下にくるもので――スカートはなるべく短く、胸元の開きはできるだけ広く、というのが主流になるのは、まだずっと先のことでした。私のワンピースは、小さな立ち襟があり、袖はちょうちんになっていました。まるで、マザーグースに出てくる「小さな羊飼い」のような出で立ちでした。羊こそ連れていませんでしたが。それでも自分では、素晴らしく美しいつもりだったのです！　髪を洗い、カーラーを巻き、念入りにブラシをかけて、いろいろな角度や形に整えてみて、ようやく満足のいくスタイルに決まりました。あの頃のカーラーは芯がスチール製で、前の晩に、セット用ローションを髪にべとべと塗りたくってから、髪をカーラーで巻いて痛めつけ――まるで、鉄製のヘルメットをかぶったような、なんとも心地の悪いその状態で寝床に就いていました。身体を不自然なもので固定していたのです。美しくなるには、苦痛に耐えなくてはならなかったのでした。

満足のいくように身づくろいを終えると、次は顔まわりに取りかかります。はちきれそうな若い肌は、塗りたくったおしろいで隠され、派手な色の口紅が気前よく塗られます。ところが、姉のひとりが私の口紅の色をチェックして、ふきんでさっと拭きとってしまいました。姉に言わせると、誤った印象を与えかねない色なのだそうで、女としての私の評判を落としかねない、というのです。

町のホールまで三マイルの道のりを歩いて往復しなくてはならないため、靴は、踊りにも歩くことにも適している必要がありました。六インチのハイヒールを履いて、よたよた歩いて行くなど考えられませんでした。歩きに適したものではなくエレガントな靴が履きたければ、袋に入れて小脇に抱えて行かなくてはならなかったのです。

カーニバル会場に到着すると、美しく着飾った姿を隣人や他の人々に見せびらかしながら歩き回りました。かつては、スピンマシンやホッピングマシン、バイキング船などの乗り物を目の前にするとワクワクしたものですが、そんなものには、もう興味がなくなっていました。まだダンスをする年齢になっていない頃は、暮れかかった空の下を牧場を通って家に向かう間、ステラから音楽が流れてきても、ああ始まったなという程度にしか感じませんでした。それが、ティーンエイジャーになると、音楽を耳にしたとたんじっとしていられなくなり、すぐにでも踊り出したくなるように変わったのです。ホールでは、外のチケット売り場に並んでチケットを買い、みんなで一斉に中へ踏み込みます。ぞくぞくするようなリズムが竜巻のように私たちを包み込み、入口近くで体を揺らしている人の群れに飲み込まれていきました。初めてステラへ行った晩、友人がまず私をクロークルームへ引っ張って行きました。そこでは、ヘアスプレーや香水がもやもやと漂う中、少女たちが念入りに口紅を塗っていました。それから、友人と私は息を弾ませながらホールへ出ていき、優雅に回って踊るカップルを見まわしました。そこは、まるで異国のようでした！ どんな風に振舞ってこの場を乗り切ったらいいのでしょう？ 幸いにも、ついこの前までイライラさせられていたクラスメートの男子や近所の少年たちが、輝く甲冑を身に着けた騎士のごとく洗練された姿に変身していました。そして、授業中はまったくパッとしない男子も女子も、ここでは完璧なワルツを披露していたのです。雰囲気と音楽が、これほどにも人を変えてしまうなんて！ 魔法の粉を振りかけたようなおとぎの国の滑らかなフロアで軽やかに動くのは、台所のベタベタする床で練習しているのとは、天と地ほどの差がありました。そしてそのうちに、私にもダンスホールでの振る舞い方がわかってきたのです。ホールの向こう側には、男子がずらりと並んでいたので、私はパートナーになりたい相手の視界に入る位置に立ちました。けれども、この作戦は失敗することもありました。誰かに肩をたたかれて振り向くと、御免こうむりたい相手が立っていることがあるのです。もちろん、「もうパートナーは決まっているから」と言って逃げることもでき、実際にそうであることもありました。それが本当でなくても、お酒の臭いがぷんぷんしていたり、どこか気に入らないところがある相手には、そう言ってピンチを切り抜けました。年上の友人や姉たちから、うまく立ち回る方法を伝授されていたのです。

午後十時に始まったダンスは、午前三時まで続きました。このホールで、私はいろいろなことを学びました。陽気でハンサムな青年と踊りを楽しんでいたときのことです。その青年に、もう一曲踊ってくださいと申し込まれると、嬉しくて背筋がぞくぞくしました。ところが、喜びは長くは続きませんでした。姉が私の耳元でささやいたのです。「その男から離れていなさい。下心がありそうだから」そう告げられ、夢心地だった私は急に現実に引き戻されました。青年に下心があったかどうか知りませんが、お目付け役には逆らわない方がいいとわかっていました。私はイライザ・ドゥーリトル*のごとく監視されていて、颯爽としてハンサムなその青年には、意外な一面がありそうだとみなされたのです。

あれこれ口実を並べ立て、言い寄って来るその青年からうまく逃れた私は、しばらくして落ち着きを取り戻しました。そしてそれからは、純粋にダンスを楽しむことにしたのです。ダンスパーティが終わると、何人かで一緒に帰りました。歩きながら、その晩起こったあらゆることについて報告したり考えを言い合ったりしました。出かける前の準備と、終わった後の細部にわたる行動分析は、ダンスパーティそのものと同じくらい楽しいものでした。

男女ペアで踊るダンスを楽しむ時代が終わると、今度はショーバンドがポピュラーソングをカバーすることがはやり始め、ホールにはより多くの人々が集まって来るようになりました。この手の巨大なホールで、クリッパー・カールトン、ディッキー・ロック、マイアミ、ジョー・ドラン、ドリフターズ、ブレンダン・ボイヤー、ザ・ビッグエイトなどが歌い、アイルランド中の人が、リズムに合わせて踊りました。ホールで歌っていたリードボーカルは、次々にポップミュージシャンになっていき、ホールの経営者たちも莫大な富を築きました。アイルランドから有名人が出るのは、ボクサーのジャック・ドイル以来初めてでした。コンサートでは興奮した少女たちが、ステージ上のディッキー・ロックの足元へ、ブラジャーやらパンティやらを投げつけました。「つばを吐きかけて、ディッキー」と叫ぶ娘に、うちの子がそんなことを言うなんて、と親たちは大きなショックを受けたものです。

その後、ショービジネスの世界にエルヴィス・プレスリーが青いスエードの靴を履いて登場し、ティーンエイジャーは腰を横に振って踊るようになりました。こんな見苦しい踊り方はない、親たちはそう嘆きました。音楽好きな若者はみな、ラジオ・リュクサンブール*にダイヤルを合わせました。それからしばらく後には、やわらかなジム・リーヴスの歌声を聞いたロマンチストの少年たちが「君の甘い唇を受話器に近づけて」と女の子にささやきました。また、ジムの『マジック・モーメント』を聞いた夢見がちな少女たちはすっかり心を奪われ、踊りたくない相手にも、ついイエスと言ってしまうことになりました。しばらくして、リバプール出身の長髪の四人組が登場し、ビートルズ旋風が巻き起こりました。子どものような年齢の少女たちも熱狂的に支持したため、それ以来、アイドルグループのファン層が低年齢にも広がりました。その間も、アイルランドの片田舎では、ギャローグラスやキルフェノラなどのバンドが、アイルランドの伝統的なダンス音楽を演奏し続けていました。

　いろいろなものが流行っては消えていきましたが、音楽と踊りは廃れることなく続いていて、ついに、レコードプレーヤーとディスコ音楽の時代が訪れます。すると、ディスクジョッキーという人々が人気を博するようになりました。ところで、どんな形で音楽が奏でられようと、特別な人と初めて踊った曲が、多くの人々にとって忘れられない一曲となっているのではないでしょうか。つまり「ふたりの曲」ともいえる一曲です。その調べを耳にすると、この上なく幸せだったあの瞬間を思い出すからです。夫と私も、そういう一曲『思い出はかくのごとし』が流れると、していることを放り出し、台所でワルツを踊ったものでした。

訳注

イライザ・ドゥーリトル――劇作家ジョージ・バーナード・ショー（一八五六年～一九五〇年）の戯曲『ピグマリオン』に登場するヒロイン。貧しい花売り娘イライザはひどい言葉を矯正され、貴婦人として舞踏会に出ることになる。

ラジオ・リュクサンブール――ルクセンブルクの民間放送局。娯楽的な要素の多い番組を放送し、イギリスやアイルランドのリスナーに親しまれた。

訳者あとがき

アイルランドのベストセラー作家アリス・テイラーの邦訳書は、『アイルランド田舎物語――わたしのふるさとは牧場だった』（高橋豊子訳、新宿書房）をはじめ、新宿書房のシリーズで四冊、それに未知谷から『とどまるとき――丘の上のアイルランド』（高橋歩訳）の計五冊が出版されています。本書『こころに残ること――思い出のアイルランド』は、原書『Do You Remember?』の邦訳です。一九四〇年代から五〇年代のアイルランドの田舎に住む、素朴で善良な人々のつつましやかな暮らしぶりを綴ったもので、五冊の既刊書の姉妹編ともいえる内容です。

著者が子ども時代を追想するという形ですが、主役は人ではなく、家庭の中の「もの」であり、当時の「生活習慣」であり、大切にされていた「家畜」です。読み進めていくと、当時の人々が「もの」や「習慣」、「家畜」に対して真摯な態度で接し、これらをいつくしんでいたことがわかります。また、各章の追想は、単なる個人的な思い出話にとどまりません。失われつつある、古き良き時代の記録ともなっているのです。田舎の濃密な人間関係、すでに消えてしまった生活習慣、なくなりつつある風景が丁寧に描かれています。さらに、既刊書『とどまるとき』で天国へ旅立った人々――著者の両親や祖母、隣人のビルおじさん――が、本書では脇役として生き生きと描かれていて、ストーリーに彩を添えています。

遠い異国の田舎の風景は、現代の日本の様子とかけ離れているため、読者のみなさんにはなじみが薄いかもしれません。でもその一方で、日本の昔の様子と共通する部分もかなりあるので、なつかしさを覚える方もいるのではないでしょうか。せかせかした慌ただしい今の世の中だからこそ、農場のおおらかなスローライフを読んで味わい、ゆったりとした気持ちになっていただきたいと思っています。

本書には、差別的と受け取られかねない表現が出てきます。しかし、作品が扱っている時代的背景を考慮し、原文の意味を尊重して翻訳いたしました。

本書を翻訳する際、新潟市のカトリック青山教会の坂本耕太郎神父様に、カトリック教会関係の用語についてご教示をいただきました。ありがとうございました。また、翻訳作業を進める際、新宿書房のシリーズを参考にさせていただきました。訳者の高橋豊子さんに、この場を借りて御礼申し上げます。最後に、原書『Do You Remember?』を私に送ってくださった、ダブリン在住の三島理恵さんに、心から御礼申し上げます。どうもありがとうございました。

平成三十年三月

高橋　歩

Alice Taylor

1938年アイルランド南西部のコーク近郊の生まれ。結婚後、イニシャノン村で夫と共にゲストハウスを経営。その後、郵便局兼雑貨店を経営する。1988年、子ども時代の思い出を書き留めたエッセイを出版し、アイルランド国内で大ベストセラーとなる。その後も、エッセイや小説、詩を次々に発表し、いずれも好評を博した。現在も意欲的に作品を発表し続けている。

たかはし　あゆみ

1967年新潟市生まれ。新潟薬科大学准教授。英国バーミンガム大学大学院博士課程修了。専門は英語教育。留学中に旅行したアイルランドに魅了され、毎年現地を訪れている。訳書に『スーパー母さんダブリンを駆ける』（リオ・ホガーティ、未知谷）、『とどまるとき——丘の上のアイルランド』（アリス・テイラー、未知谷）がある。

こころに残《のこ》ること
思い出のアイルランド

2018年 4 月 5 日初版印刷
2018年 4 月20日初版発行

著者　アリス・テイラー
訳者　高橋歩
発行者　飯島徹
発行所　未知谷
東京都千代田区神田猿楽町2丁目5-9　〒101-0064
Tel. 03-5281-3751 / Fax. 03-5281-3752
［振替］ 00130-4-653627
組版　柏木薫
印刷所　ディグ
製本所　難波製本

Publisher Michitani Co. Ltd., Tokyo
Printed in Japan
ISBN978-4-89642-547-5　C0098